私は男になりたい

男運ゼロ!?
不幸続き、
女としての26年間。
もうたくさん!
私は男になってやる。

山中亜論
Aron Yamanaka

文芸社

私は男になりたい

目次

第一章　男たち

男性への憧れ

いま思えば、私は五年ぐらい前から男の人に対する憧れがとても強くなっていたような気がする。それは女の人が男の人を好きになったり、恋しく想ったりする恋愛感情とは明らかに違ったもので、「自分が男の人そのものになりたい」という願望だった。

当時、私は二十一歳。よく飲みに行っていたお気に入りの店があった。その店のマスターは男の人で、明るくて、とても楽しくて、すごく雰囲気のいい店で、私はそこが大好きだった。そして、いつしか「自分が男になって、こんなふうに楽しい店を、自分がマスターになってやってみたいな」と思うようになっていたのだ。「いろんなたくさんの人を笑わせたり、楽しませたりしたい」と思った。たまたまそのころ、テレビで〝ミスダンディの店〟を紹介する番組があり、その影響もあったかもしれない。

でもそのとき、私にはつき合っていた男性がいたし、男になりたいという気持ちはまだ漠然としたものだった。ちなみに、そのときの彼に「自分が男になって、店をやってみたいんだ」と言ってみたところ、彼はどう答えていいのかというように、困惑した表情をしていた。無理もない話だけど。

とはいえ、時間がたつにつれ、その思いは私の心の中で眠ったような形になって、その後の何年かは、結婚もして、ふつうの女性として生きてきた。

私はもともと多少男っぽいところがあり、ブランド品やおしゃれにもあまり興味がなく、性格的にもおおざっぱで、家事などもだいたいでいいかと済ませてしまうほうだ。もちろん、生まれつき男性になりたいという願望があったわけではなく、ごくふつうに女の子として生きてきたし、自分なりに理想の男性像を思い描いていた。

私より背が高くて、日焼けして男らしい顔をした人で、力仕事をしていて、しっかりしていて、貯金もそれなりにあって、やさしくて私と気が合う人。そういう人が現れるのを、私はずっと待っていた。

ところが、人生はなかなか思い通りにはいかないもので、理想の男性に出会えないばかりか、「もう男なんてうんざり。私が男になってやる」と本気で決心するところまでいってしまったのだ。

ただ、私は潜在的に精神的な面で、男の人がとても好きだった。だからきっと、いろんなことがあって、なおさら〝女〟がいやになってしまって、「男になりたい」という気持ちが強くなっていったのだと思う。

初めてつき合った男《ひと》

私はなかなか男性と縁がなく、初めて男の人とつき合ったのが二十歳のときだった。

あれは私が帯広のパチンコ店で働いていたときのこと。八月の終わり、その日で店を辞めるという、最後の日にその人は客として店に来ていた。

私が自分の持ち場の〝シマ〟を歩いて見まわっていると、平台を打っている男の人がやたらとこちらをジロジロと見ては、ときおりニヤリと笑いかけてくる。細身の体に濃紺のTシャツ、黒ぶちの眼鏡をかけた顔が『ウォーリーをさがせ』のウォーリーみたいで、まったく私の好みじゃない。

「いやな感じ」と思いながらも、「相手はお客だから、あんまり無愛想にもできないし」なんて思って、しぶしぶ、愛想笑いなどしていた。何回まわって来ても、その人はこちらのほうばかり見ている。そのたびに私は愛想笑いを返していた。

　すると、何を勘違いしたのか、その人は閉店間際になって、私に声をかけてきたのだ。「この後、つき合ってよ。カラオケにでも行かない？」。私はこんなふうに男の人に誘われたことがなかったので、ちょっとドギマギしながらうなずくと、「じゃあ、車で待っているから。仕事が終わったら駐車場に来て」といって、さっさと行ってしまった。

　決して好みのタイプではなかったけど、今日でこの仕事も終わりだから、明日はゆっくり休めるし、男の人に対する好奇心もすごくあったので、少しぐらいならつき合ってもいいかなと思っていた。

　ところが、いつもなら十時を少し過ぎたころには終わるはずの仕事がその日に限って十一時近くまで続いてしまったのだ。やっと仕事が終わり、「彼はもう帰ってしまったかも……」と思いつつ、私は駐車場に急いだ。

　すると、まだ彼は待っていてくれたのだ。「ごめんなさい。仕事が長引いてしまって」と、私は彼にあやまった。彼は「いいよ別に。マンガ読んでて、退屈しなかったから」といってくれた。私は彼の車に乗り込んだ。

　車を走らせながら、彼は「さっき、断られたらどうしようと思って、すごく心臓がドキドキしてたんだ……」といった。「そうだったのか。この人、けっこうかわいいところがあるんだ。今日でなければ、断っていたかもしれないのに……」と私は内心思っていた。

「カラオケ行くでしょ?」と彼が聞くので、カラオケなんてめったに行ったこともなく、歌なんかほとんどわからない私は「私、歌えないよ。全然行ったことないから」というと、「だいじょーぶ!」と彼はいい、結局行くことになった。

カラオケ店では、まず彼が尾崎豊やサザンオールスターズの曲を熱唱したのだが、これがびっくりするほどじょうずなのだ。身長は私より少し高いくらいだから百七十センチもなさそうだし、ウォーリーみたいな顔をしているし、さっきまで気づかなかったけど前歯が欠けてる。だからなんかちょっと変だけど、真っ黒に日焼けして、引き締まった体型をしているし、服のセンスも悪くない。歌はすごくうまいし、よく見ると、この人けっこういいかもしれないいなんて思ってた。

だけど、このときが生まれて初めてのデートだった私は、それなりに緊張してドキドキしていたし、歌のレパートリーも少なくてまともに歌えないのがとても恥ずかしくてパニック状態だった。

でも何か歌わなくてはいけないと思ったから、唯一知っていた歌、そのころよく見ていたテレビ番組『とんねるずのみなさんのおかげです』で歌っていた〝ガラガラヘビがやってくる〟を、顔を真っ赤にしながら一生懸命に歌った。ほんとうはもっと女らしい選曲をしたかったんだけど……。

二曲目は、プリンセスプリンセスの〝M〟を選んでみたけど、ほとんどわからなくて、まともに歌えなくて、すごく恥ずかしい思いをした。でも彼は楽しそうに一緒に口ずさんでくれていた。

ほとんど彼が歌って、一時間ぐらいでカラオケ店を後にした。

それから、また私たちは車の中でいろいろなことを話した。彼の名前は山口哲也、二十三歳で私より三つ年上だった。前歯がないのはケンカをして折られたからで、「歯が見えるのがいやだから、あんまり笑わないようにしてるんだ」って、彼は前歯がないのをすごく気にしていた。「俺、昔は悪くてさ。いろんなことやってて、やばいこともずいぶんしたし、ケンカなんかもよくしてたからな」。「前歯治さないの?」と私。「治したいんだけど、前歯治すのってけっこう高いんだ。そんな金ないしな」と彼。「そうか。だいじょうぶだよ。そんなに気にしなくてもわかんないよ。ほんと」なんていってあげた。

彼は話題を変えた。「俺さ、今、昆布採りやってんだ。一緒にワルやってたときの先輩に、いつまでもワルやってる場合じゃないだろうっていわれたんだ」。自分でもそろそろまじめにならないとやばいって思ってたときだったから、その先輩の口利きで昆布採りをすることになったのだそうだ。私はパチンコ店のおばちゃんから「あの人漁師だから、魚いっぱいもらうんだよ」っていわれてから、そのときまで、彼は漁師だと思っていたのだ。

「昆布採りって?」「朝四時とか五時ぐらいから舟で沖に出て、釣りざおで昆布をひっかけて採るんだ。これが見てると簡単そうなんだけど、昆布って岩にしっかりくっついてるから、採るのにものすごく力がいるんだ。なかなかうまく採れないし、けっこうたいへんなんだ」と、彼はちょっと自慢げに話した。

確かに、彼は細いけど日焼けしてるし、腕なんて筋肉質でほんとにたくましいって感じがする。「腕は筋肉痛になるし、腰には力入るから、腰も痛くなるんだ。ほんと、肉体労働だよ」。「朝も早くてたいへんだよね」と私。「うん、最初のころは起きるのがつらかったな。親に起こしてもらっても起きられなくて休んだこともあったけど、先輩に気合い入れられて起きれるようになった。いまは慣れたけど、俺もまじめになったもんだよな」と、ちょっと感慨深げな彼。

私は心の中で「この人がこんなに日焼けして筋肉質なのは、昆布採りをしているからなんだ。でもまじめに働いてるんだ」なんて、一人で納得していた。「それにこの仕事、一日一万とか二万とかになるんだ。だから、がんばってるわけよ」と彼はいった。

後日、彼の家に泊まりに行った翌日、彼が「仕事手伝って」というので一緒に浜辺に行った。その日は、みんなで浜に上がった昆布をきれいに並べる作業をしていた。彼は仕事を始めた。私も彼のまねして昆布を持ってみた。「生の昆布って、けっこう重いんだね」「こんなのがいっぱい岩にガッチリついてるんだから、簡単には採れないさ」。彼の仕事のたいへんさがわかった気がした。

ちょっとの間、沈黙があってから、彼が話し始めた。「俺さ、さっき初めてお前のこと見たとき、こいつだってピンときたんだ。霊感ってやつだよ。きっと前世で会ってるんだよ俺たち」。私は「何いってるんだか。単に私のことが好みだっただけじゃないの?」って思いながらも「私もあんたのこと初めて会った人みたいな気がしないんだよね」なんて調子を合わせていた。でも、私も霊感が強いほうだし、前世とかも信じてるほうだったから、この人とは話が合いそうだとも思った。

始めのうちこそお互いちょっと遠慮しながら話してたけど、彼はとっても気さくな人で話しやすかった。

ふと気がつくと、もう夜中の一時を過ぎていた。彼は「これからどうする?」といいながら、私の耳に人差し指を入れてきてコチョコチョってした。「気持ちいい」って思った。彼はもう一度、甘えるように「ねえ、どうする?」って聞く。私は「まだ一緒にいたい」といった。とても楽しかったから、もう少しこんなふうに話をしていたかった。

「それじゃあ」というと、彼は車を走らせた。

これが私の初体験

車はある建物の駐車場に入った。彼は車を止めると、降りるように私にいい、自分も降りると建物の中に入って行く。私も後について行った。私は少し眠かったせいもあって、状況がよくわかっていなかった。「この中で話をするつもりなのかな」なんてぼんやりと考えていた。

ところが、そこはファミレスとかでもないし、ホテルにしてもフロントらしい人もいない。それにいろんな部屋の内部を撮った写真がでている。なんかようすがおかしい。「もしかして、ここって……」と思っていると、彼は慣れたようすで写真に写っている部屋から一つを選び鍵を受け取った。

「やっぱりラブホテルだったんだ」。私は一瞬「えっ！」と思った。だって、私にしてみたら、今日は夢にまでみた初めてのデート。それに彼とはついさっき、数時間前に知り合ったばかりなのに……。でも私ももう二十歳だし、いいかげん経験してもいいころだという思いもあった。彼のこともまんざらいやじゃなかったし。

で、「まっ、いいか」なんて感じと、「ついにこのときが来た」という気持ちで、ドキドキワクワクしながら彼の後を歩いていた。

　部屋に入ると、室内は薄暗く、ベージュのカバーがかかった大きなダブルベッドだけが二人を待ち構えていた。彼はすぐにベッドに横になると、布団に体を入れながら、無言で自分の服を脱ぎ始めた。私はどうしていいのかわからずに彼のことを見ていた。

「お前も早く脱ぎなよ」と彼。「えっ、こういうときって、男の人が脱がせてくれるんじゃないの？」って思い、内心がっかりしながらも、私は自分で服を脱いだ。

「早くおいでよ」という彼の言葉に、裸を見られるのが恥ずかしかった私はあわてて布団にもぐりこんだ。

　彼は私を引き寄せると、強引に私の唇に舌を入れてきた。そして、彼の手が私の乳房をはい始めた。「いよいよだ」。私の胸は高鳴った。「やさしく、ゆっくり上から下まで愛撫してくれるのかな……」。私は夢見心地でうっとりと目を閉じた。「さっき、耳をコチョコチョされたとき、気持ちよかったから、きっと、もっともっと気持ちよくしてくれるんだろうな……」なんて思いながら。

　彼は無言のまま、私の手をひっぱると、自分のモノを触らせた。それは温かくてヌメッとしていた。もちろん、触るのなんて初めて。「こういうものなんだ」と思っていると、彼は手をずらし、確認するかのように私の部分をまさぐってきた。そしてすぐに、自分のモノを挿入しようとした。彼は最初、少しずつ少しずつそーっと入れ、まだ入りきらないうちにもうがまんできなくなって、私のお腹の上に射精した。「えっ、もう」というぐらいあっという間のことだった。でも、彼はすぐに二回目に挑戦してきて、今度は中まで入れた。これにはびっくり。「刺された」っていう感じ。ちょっと「痛い」って感じたけど、想像していたほどの痛みではなかった。彼はひたすら腰を動かし、いよいよとなって腹上で果てた。そして、あまり間をおくことなく、三回戦に挑んできた彼は今度はちゃんと奥まで達し、またしても腹上で発射した。そして、私の体から離れた。

あっけなかった。私はしばらくボーッとしていた。もちろんいい気持ちになんて全然ならなかったし、何にも感じなかった。

しばらくしてから、私はベッドの端に座った。すると、彼が後ろから抱きしめるように手を伸ばしてきた。「ギュッと抱きしめてくれるのかしら」。私はロマンチックな気分になっていた。

ところが、なんと彼は私の下腹を手でガバッとつかむと一生懸命にもみ始めるではないか。そして彼は妙にさわやかに、あたかもスポーツインストラクターででもあるかのような顔をして「ストレッチをして、こうやって毎日もんでれば脂肪取れるよ」といったのだ。「俺も昔、そうやって取ったんだ」という彼は、確かにぜい肉なんかなかった。

だけど、そのとき私は身長百六十センチ、体重五十二キロぐらいだったから、そんなに太ってなんかいなかった。でも彼の口ぶりは冗談ではなく、真剣にアドバイスしてくれているらしいのだ。「ありがた迷惑だ！」って思ったけど、私はただ、笑ってごまかすしかなかった。

こうなると、ムードもなにもあったものではない。「なんか違う」って思った。だって、雑誌とかに載ってる初体験の話を読むと、男の人は女の子に「きれいだよ」とか、「かわいいよ」なんて言いながらゆっくりと服を脱がせてくれて、やさしくキスして、たっぷりと時間をかけて全身を愛撫してくれるって。そして、事が終わった後は髪を撫でてくれるって書いてあった。なのに、これは何？　ムードもなんにもないじゃない。私がイメージしていた男と違いすぎる。現実はこんなものかと思った。

その日は散々だったけど、彼はけっこういい人だったので、私たちはその後もつき合うようになった。私たちには、お互いちょっと霊感が強いという共通点もあって、なにかと気が合った。私はいろいろな話をしたし、彼も自分の心にしまっていることとかも聞かせてくれた。ただ、やっぱり少し変わった人だった。

あるとき車の中で彼が「俺、自分の部屋にいるとき、よく怪奇現象が起こるんだ」というので、「私も不思議なものを見たことがあるよ」というと、「俺なんかしょっちゅう見てるよ」という。「小学二〜三年生のときに初めてヒトダマを見たんだけど、そのヒトダマが俺の耳の横をゴォーって、すごいスピードで過ぎていったんだ。そのときから、なんか霊感が強くなって、いろんなものが見えるんだ。でもあんまり見たくないんだよな。ほんとは」といっていた。

また別の夜、車を止めて話をしていたときに、いきなり彼が車を発進させたこともあった。私は驚いて「どうしたの?」って聞いたら、彼は「すごく恐ろしい物を見てしまった」と脅えて、青ざめていた。霊感が強いのもやっかいなものだ。

こんなこともあった。彼の部屋にいたとき、何気なく窓のあるほうを見上げると、半透明で黄色っぽくて、まるでジョウゴ(一升瓶のしょう油とかを器に移すときに使う道具)のような形をした物体が二〜三秒現れた。なんか不思議なかわいさがあって、目が少女マンガタッチのうるうるした目で、口は紅を塗ったように真っ赤で「うふ♡」という感じでまか不思議なものだった。「えっ、何いまの?」。びっくりした私は、急いでスケッチして彼に見せた。「いまここに、こんなのがいたよ」興奮して話す私に、彼は何も反応を示さない。

「ほんとだって、こんなのがいたんだから」と私が強くいうと、彼は「お前……、こんなのとかっていうな。もう、やめてくれ」といって、耳をふさいで落ち込んでしまった。

後になって、聞いたところによると、あの未確認物体は彼のことが気に入っているらしく、ときどき遊びに来るらしい。彼はそれがとてもいやなのだ。「どうやら、彼の部屋はなぞの四次元空間とつながっているらしい!?」と私は勝手に想像した。

↑
こんなのがいた。

彼が変わっていると思うことはほかにもあった。

ある日、彼が「ゲームのソフト、貸してくれない？」っていうから、気楽に「いいよ」と、リストの中から彼が選んだスーパーファミコンの『真《しん》女神天生Ⅱ』を何も考えずに貸すことにした。私は二つのデータを一つ消して彼用にしてあげようと思い、久しぶりにそのゲームをテレビに映し出した。そして、愕然とした。完全に忘れていたことを思い出したのだ。

昔、そのゲームに熱中していたころのこと。ふつうなら手に入るはずの偽造IDカードに「バグ」が起きてしまい、なぜか手に入らなくなってしまって、せっかく手塩にかけて育てて、その場所にしてはかなりLVも上げて26あったのに、データを泣く泣く消して、最初からやり直すハメになってしまった。ゲームって、バックアップのデータが消えてしまったりとかするし、ほんとにむかつく。だからそういうときは、もうヤケクソ。憂さ晴らしのつもりでキャラにおもいきりヘンテコな名前をつけてプレーしていた。そうでもしないと、気持ちがおさまらない。

で、案の定、そのときも主人公に〝ごりけつ〟なんて名前をつけていた。このキャラはLV56程度まで成長して、無事にそのゲームをクリアしていた。そして、その大切なデータが一つ消えても大丈夫なようにと、もう一つのデータに入れておいたのだ。

私はこの名前を見て絶句した。「どうしよう。こんなみっともない名前じゃ、彼に貸せないよ」。このときの私はまだ、花も恥らう乙女。〝ごりけつ〟なんて名前を見て、彼が「なんてセンスしてるんだ。君には幻滅したよ。別れよう」なんてことになったら、どうしよう。「ほんと、困った」と思った。「しかたない。データを二つとも消してしまおうか」とも思った。しかし、愛着がある。「だめだ。消せない」。私はしかたなく、一つだけデー夕を消した。

　翌日、「名前がちょっと変だけど、ほんと、気にしないでね」と強く念をおして、彼に渡した。何かいわれるんじゃないかと、私はひやひやしていた。ところが、彼は何もいわない。「なんで?」。「私がこんなに気にしてるのに」。私は改めて彼に聞いてみた。でも彼は「ああ」といっただけで、まったく気にもしていないようす。「なんだ」。私のあの恥ずかしい思いはなんだったのだろう。


　あれから、彼とセックスも何回かした。二回目のときはホテルでした。そのときは前戯はそこそこだったけど、かなり力は入っていた。その後は彼の家だったので、おとなしくしかできなかった。彼が私の性器に口をつけたりすることはあったけど、それだって、気持ちよかったどうか覚えてない。だから、ますます物足りない気がした。ただ刺すだけみたいで、ムードなんてまったくないんだから。「この人って、どういう神経しているんだろう」と思った。だって、私は彼が初めての人だったけど、彼は私が三人目だっていってたし。私よりは経験あるんだから。

　彼の初体験は中学一年のとき。近所の二つ年上のませたお姉さんに襲われてレイプされたんだって聞いた。それが全然よくもなんともなくて、彼はそれ以来、女性恐怖症になってしまったんだとか。その状態が十九歳になるまで続いて、それから気が合う女の人が見つかって、つき合ったけど、結局別れて、そして私が三人目というわけだ。

彼には二つ違いのお兄さんがいる。私も一度会ったことがあるけど、兄弟そろって、背は低い。でも、お兄さんは彼と違って性格もおだやかで、顔も東幹久に似ているし、好感度が高く、周りの人にもウケがいいらしい。私もお兄さんのほうがずっとタイプだなって思った。そんなお兄さんに、彼はいつも引け目を感じているようで、うわべでは仲良くしているけど、「あんなやつ、大嫌いだ」って、よくいってた。

大嫌いには他にもわけがある。彼と気が合っていたはずの二番目の彼女が、このお兄さんと仲良くなってしまって、いまはお兄さんの彼女になっているからだ。彼とお兄さんを比べたら彼がかわいそうだよ。だって、彼は顔もムチャクチャカッコイイってわけでもないし、性格的にもちょっと変わってるし、ケンカとかもするし、万人ウケするタイプじゃないもの。だから、お兄さんを選んだ彼女の気持ちもわからないわけじゃないけど、やっぱりそれって、ちょっと不気味。

彼も「自分と寝た女が兄貴と寝てるって、気持ち悪くていやなんだ」ってよくいってた。それは、もっともだと思う。「だから、家にはあんまり帰りたくないんだ」。彼の家は両親とお兄さんとみんなで一緒に住んでいるから、いやでも顔を合わせてしまう。彼の気持ちはよくわかる。

でもそれはそれ、セックスのときの彼のムードのなさとは別問題だ。

で、あるとき、送ってもらっている帰りの車の中で、思い切って彼に「ねえ、どうして、体全体なめまわしてくれないの？」って聞いてみた。彼はぼそっと「俺、そんなにテクニックあるわけじゃないし……」っていった。そういう問題じゃないと思うんだけど……。相手を愛していたら、その人を愛しむ気持ちがあれば、喜ばせてあげようって思うはずでしょ。ビデオとか本とか見て勉強するとか、努力してくれてもいいじゃない。まして、私にとってあんたは初めての男なんだから、少しは私が思っているように、やさしくロマンチックにしてくれてもいいじゃない。でもいっこうに彼は努力してくれない。私の不満はつのるいっぽうだった。

それであるとき、「自分がこんなふうにして欲しいな」っていう思いを込めて、私が彼の上半身から足の先まで、ていねいに愛撫してあげた。「これで彼も気づいてくれるかもしれない」と密かに期待した。

ところがなんと彼は、「う～ん。気持ちいい。女っていいなぁ」「今度はこっち」というと私にお尻を向けてきた。「何考えてるのよ、この男は！　立場が逆だろ。ケツ向けてるな！」って感じ。まったく、信じられないんだから。

そんな感じでつき合い始めて一ヶ月ちょっとたったころ、彼は突然「明後日から、兄貴と一緒に出稼ぎに行くことになった」という。「私たち、まだ、つき合い始めたばかりなのに……」。私はちょっとしょんぼりしながら、「どれぐらい行ってるの？」と聞いた。「半年ぐらいかな」。

彼の話では、昔ワルだったころ、警察のお世話になったことがあるらしい。そのとき、お兄さんが、彼が払わなくてはならなかった三百万円ほどのお金を、全額代償してくれたというのだ。それじゃあ、なおさらお兄さんに頭が上がらないはずだ。今は彼も反省してまじめに働いているけど、早く兄貴にそのお金を返したいと思っている。「だから、埼玉まで出稼ぎに行く。お前と離れるのはつらいけどな。大きな仕事だから、昆布採りよりもお金になるんだ。月五十万円ぐらいになるからな」。「そうか。寂しいな……」。だけど、「そういうことなら、しかたないか」って思った。

どんよりと曇った空が重たい十月のある日、彼は出稼ぎに行ってしまった。私は「駅まで見送ろうか」っていったけど、「朝早いし、兄貴と一緒だから来なくていいよ」といわれた。「そうだね」と、素直に私は答えた。だって、半年も会えないと思うとやっぱり別れはつらいから。

彼のいない毎日はとても寂しかった。私にとって彼は二十歳にして初めてつき合った男の人だったから、私はとっても純情な気持ちで彼の帰りを待っていた。一生懸命手紙を書いた。彼が帰ってきたら驚かせてあげようと、カラオケでうまく歌えるようにがんばって練習した。彼がケガや病気をしないように祈った。そして早く会いたいと思った。声だけでも聞きたくて、電話だって何度もかけた。

でも電話での彼は最初のうちこそ「元気だよ。そっちはどう？」とか少しはやさしく話をしてくれたけど、一ヶ月もたつと「なんか用？」というようなそっけない返事をするようになった。まるで「用がなければかけてくるな」とでもいいたげな、冷ややかな口調だ。私が「仕事忙しくてたいへんだね」とかいっても「別に」というだけで、彼のほうからは何も話をしようとはしない。そんな彼の態度に、私はけっこう傷ついた。「どうしちゃったの？」私は心の中で叫んだ。「哲也はすごく疲れてるから、機嫌が悪いんだ」って思おうとした。

そのころ彼は、これは後で知ったことだけど、出稼ぎ先に着いてから毎晩のように以前からの顔見知りの飲み屋で飲み続け、二週間のうちに数万円のツケをつくってしまっていた。それればかりか、大好きなスロットをやっては、儲けるどころか損をして、挙げ句の果てに借金までつくっていたというのだ。

そんなこんなでイライラしていたのか、電話での彼の態度はちっともやさしくならなくて、私はすっかり落ち込んでしまった。だから、二ヶ月を過ぎたころ、彼からかかってきた電話で「正月休みには一度帰る」という彼の言葉も、もうまったくうれしくなく、彼に対する気持ちは完全に冷めてしまっていた。

別れ

「哲也が帰ってきたら、別れを告げよう」と私は心に決めた。

一月の何日だったたか、はっきりとは覚えていないけど、その前日に、彼から電話があって、「明日の午後二時か三時ごろ、そっちへ行く」って、いっていた。

そのころ私は、夜スナックで働きながら、アパートを借りて一人暮らしをしていた。そこに彼はよく泊まりに来ていたし、彼には合い鍵も渡してあった。

夜の仕事をしていた私は、朝や昼にお風呂に入ることにしていた。彼が来るという日も、二時か三時と聞いていたから、十二時ごろになって、いま入っておけばいいだろうと思いシャワーを浴びていた。シャンプーも済ませ、そろそろ出ようかなと思っていると、「ガチャガチャッ」という音が耳に入ってきた。

「哲也だ。二時ごろっていってたのに、早いじゃない」「どうしよう。もう別れようと思っているのに、こんな格好で出て行ったら襲われるかもしれない!?」と思い、頭が非常に混乱してしまった。

「とりあえずバスタオルだ」と思った私は、浴室を出るとすばやくバスタオルを体に巻きつけた。そこへ「やあ」と、久しぶりの再会がうれしいのか、ニッコリと笑いながら彼が現れた。手にはお土産らしき紙袋をぶら下げている。

私もつられて「久しぶり」と、ニッコリしてみたものの、顔はきっと引きつっていたに違いない。「どうしよう。襲われるー」と思いながらも私は「いま準備中だから、もう少し後で来てくれるかな」といってみた。すると彼はあっさりと、「わかった。買い物でもしてくるよ。じゃあ、後でな」といい、「これ」といって紙袋を私に差し出すと、楽しそうに外へ出て行った。

「フーッ、たすかった」。これでひとまず安心。でもちょっと待ってよ。二ヶ月ぶりに彼女と再会したのに、それも二十歳のピチピチの乙女がバスタオル一枚で目の前にいるのに、抱きつこうともしないなんて、そんな男がいるのかな。私が男だったら、もう押し倒して抱いてるよ。絶対に。たとえ彼女が少しぐらいいやがったって、力ずくでやっちゃうと思う。やっぱり、哲也は相当変わってる。まあ、いまの私にとってはそれが幸いだったわけだけど。

二時になるのを待ち構えたように彼がやってきた。私は玄関先で、まっさきに彼に向かって「もう何とも思ってないから、別れよう」と切り出した。ものすごく心臓がバクバクして頭の中が真っ白だった。「落ち着け、落ち着け」私は自分にいい聞かせた。

彼は相変わらず前歯が欠けたままで、何にも変わってない。よく見ると背は低いし、顔だっていまいちだよな。ずいぶん傷つけられたし、セックスだってすごくへただった。私、なんでこんな男のことをいいと思ったんだろう。

一瞬沈黙があった。「マジかよ。冗談だろ」と彼。さっきのうれしそうな顔とは違いちょっと真剣な表情になっている。「本気だよ」といいながら、私は彼の顔をじっと見つめ返した。彼は私から目をそらせるようにして、うつむいた。

うつむいたまま彼が「なんでだよ。俺たちうまくいってたじゃないか」とぼそっと小声で、つぶやくようにいった。そして、顔を上げると「ほんとにもう、おしまいなのか?」と未練たらしく聞いてきた。目にはうっすら涙がにじんでいる。いやだ、この人泣いてるの。でも何で泣いてるわけ。いままで散々いいかげんなことをしてきたくせに。私に冷たい態度とかしてたくせに。いまさらなんなのよ。まったく。ほんと、わけのわからない男なんだから。私はもう一度きっぱりとした口調で「もう何とも思ってないから」といった。するど、彼は「わかった」というなり部屋に上がり込み、テーブルに置いてあった自分の腕時計をすばやくつかみ取ると、逃げるように足早に「ガチャッ」という音だけを残して、私の部屋を出て行った。

その腕時計は、彼がとても大切にしていたもので、出稼ぎに行く前に「時計を交換しよう。そうすれば、いつもそばにいるみたいだろ」といって、置いていったものだった。ところが、彼は私の時計を仕事中に落としてクレーンかなにかの機械に巻き込まれ、メチャクチャにしてしまっていた。私は彼の時計を大切にしていたのに。

腕時計はよっぽど大事なものだったのだろう。

そういえば、この人こんなことといってたことがあった。「俺、英語のＡＢＣ～っていう歌が好きなんだ」っていうから、「なんで?」って、私が聞くと「ＨＩＪっていうところの、Hは〝Hする〟のHで、Iは〝愛する〟のIで、Jは子どもっていう意味の〝ジュニア〟のJなんだ」って勝手に意味づけしてた。なんかノリノリで、真剣な感じで歌ってた。「HIJ！　Hの後でI（愛）が生まれて、そしてJ（ジュニア）ができるんだ。だから、俺はこの歌が好きなんだ」って、まじめにいってた。私は、「ふつうはI（愛）の後にHじゃないの」って思ったけど、そのときは、まだ純だったから「そうなのかなあ」なんて思ってた。でもやっぱりおかしいよ。

もっとバカなこともいってた。あるとき電話で話してたら「なあ、お前の店のお客さんに、〝ごめんなちゃい！　ハゲ！〟っていったら、絶対受けるから、今度いってみ」だって。なんなんだそれって。そんなこといったら受けるどころか、お客さんは怒るだろうし、へたしたらスナックだってクビになりかねないじゃない。ほんと、変なことばっかりいうし、変わった男だよね。

彼が出て行った後には、さっき彼が持ってきた紙袋が残っていた。中には、白い犬のぬいぐるみが入っていた。

こうして哲也と私の愛は終わった。

愛だったのかな……。

二番目の男《ひと》の背中には……

哲也と別れてから、どれくらいの月日が流れたのだろう。私は相変わらずスナック勤めをしていた。だけどそのころ、夜働いているわりには、車の免許を取るために無理してローンを組んだのと、なかなか慣れない一人暮らしで、洋服も買えなければ、食べる物にも困るというようなみじめな生活をしていた。

一人暮らしをはじめたのは、哲也と知り合ってからだった。親と一緒にいるのがいやで、飛び出すように家を出てアパートを借りた。お金が欲しかったから、仕事も給料のいいスナック勤めに変えた。夜の仕事をしていることは親には知らせていない。いえば、怒って反対するに決まっている。なのに、私は貧乏だった。スナックからの帰りは、歩くと一時間はかかってしまう。もちろん、そんな時間にバスなどない。しかたなく、タクシーを使うことになる。すべてがこの調子で〝不器用〟だった。

それに彼もいなくて、寂しいときだった。

そんなある日、スナックに来ていたお客さんと、「私、いま運転習ってるんですよ。来週仮免の試験なんで、いまから緊張しちゃってる」なんていう話から、免許が取れたらこんな車が欲しいとか、あの車が最高だなんていう車の話で盛り上がっていた。私はつい

「でも、免許取るためにお金使っちゃったから、今ほんとにお金がなくて、好きなパチンコにも行けないんですよ」なんて愚痴ってしまった。「そうか、そんなにお金がないなんて、かわいそうにな」というと、その男《ひと》は財布を取り出し一万円札を私に差し出した。「使いなよ」。「えっ、いいんですか」と私が聞くと、彼は黙ってうなずいた。「ありがとうございます」。

そのときの私にとって、一万円はすごくうれしかった。「なんてやさしい人なんだろう！」と思った。なんせ私はこのころ、恥を忍んで冗談まじりに自分のついたお客さんに「五百円ちょうだい！」とか、いいまくっていた。だけど、くれた人はいなかった。

その男は「今度の日曜日、どこそこのパチンコ店にいるから、気が向いたらおいでよ」と誘ってくれた。そして、「別に気が向かなかったら、来てくれなくていいし。来てくれたら、パチンコ代ぐらいあげるから」といった。お金をくれたからって、強引に誘うわけでもないし、私の気持ちを大切にしてくれている。こういう人って、いままでいなかった。

「この男《ひと》って、ほんとにやさしいんだ」って、私は感激していた。

このとき、彼は白いセーターを着ていた。そのさわやかな色のイメージが、彼のやさしさをいっそう引き立てた。

私は日曜日にすることがあったので、彼のいっていたパチンコ店には行けなかった。

それでも彼は、そんなこと気にするようすもなく、たびたびスナックに飲みに来てはいろんな話をしていた。そしてやっぱり、やさしかった。

そんな彼から「俺、二十七歳。独身でいま彼女探してるんだ」って聞いたから、私は「お店の女の子でミキちゃんていうすごくかわいくて、いい子がいるから、今度紹介するね」って、いった。彼女も以前から盛んに「彼氏が欲しい～」っていってたから、ちょうどいいと思った。

ところが、彼が店に来る日に限って、彼女がたまたま休んだりして、二人のタイミングが合わない。そんなことが三～四回続いたころ、彼が「もういいよ」といった。私は「でもミキちゃんて、ほんとかわいくて、明るいし、性格もいい子なんだけどな～」って、残念そうにいった。すると彼が「俺は、お前のほうがいいな……」なんて、いったのだ。

そんなことといわれれば、誰だって悪い気はしないもの。まして、そのとき彼氏がいなくて寂しかった私の心に、彼の言葉は強烈な一撃を与えた。私は思わずグラッと来てしまった。そして、彼、高柳克司とのつき合いが始まった。

しかし、この後、いたずらに人を信用するものではないということを、痛いほど思い知らされることになるなんて――。このときの私は夢にも思っていなかった。

私はつき合うと、すぐに「この人と結婚するんだ」って思ってしまうところがある。彼はやさしかったし、百パーセント信頼しきっていた。

そして間もなく、私たちは肉体関係を持った。行為の最中、なんだか彼の背中が、なんともいえず、妙にしっとりして冷たい感じがしたけど、気にもしていなかった。ところが終わった後、彼は私に背を向けてタバコに火をつけた。私はなにげなく彼の背中を見て、目が点になってしまった。なんと彼の背中一面に、真っ赤な炎に包まれた恐ろしい顔つきの般若のようなものが彫られていたのである。「これは、本物の刺青だ！」。私はもう、びっくり。

私はそっと「これは、どうしたの？」ってやさしく聞いてみた。「俺さ、少し前までヤクザだったんだよ。組ではけっこう上のほうの幹部だったから、やばいこともずいぶんあったな」と彼。刺青はヤクザの証だから、そのときに入れたのだという。私が驚いているのを察したのか、彼はヤクザを打ち消すように「でも、今はこの通りカタギになって、まじめに働いてるんだから、心配するな。刺青なんて入れたこと、すごく後悔してるよ」。刺青は入れるのにもお金はかかるし、痛いのをがまんしなくちゃならない。それに、一度入れると消すのもたいへん。安易に刺青なんて入れるものではないと私は心底思った。

初めのときこそ、その迫力に驚いた彼の背中の刺青も何度となく見ているうちに、私はその刺青がけっこう間抜けなことに気づいてしまった。なぜなら、色が完全に入っていなかったのだ。それも燃え盛る炎と、肝心要の般若の〝目〟に色が入っていなかった。

彼は彫師から、「目は、〝命〟だから一番最後に入れる」といわれていたそうだ。私は「なんでこの人、刺青を途中でやめてしまったんだろう。どうせならきちんと入れればいいのに。お金がないんだろうな。きっと」と思った。だって、そのころ彼は車検切れのボロいクラウンに乗ってたんだから。でもこのままにしておくのも、なんだか間抜けな気がする。

彼も気にしてるみたいだけど、「全部色を入れるには、まだ後四十～五十万かかるみたいなんだ。そんな金ないから入れられない」そうだ。

カタギになったとはいえ、いまだに組の人間が、彼を連れ戻そうと捜しているらしい。それって、やばいよ。

そのうえ、克司は困ったことに、つき合い始めるとすぐに、なぜだかうつ病状態になってしまい、「もう、死にたい」などといっては落ち込んで、仕事にも行かなくなってしまった。

そんな彼を見捨てるわけにもいかなくて、彼は私のアパートに居着くようになり、私が食べさせてあげるようになってしまった。「病気なんだから、そのうち、治ってくれるはず」と思いながら、私は毎日がんばって働いた。

そういう生活が一ヶ月半ぐらい続いたある日、彼が突然「前の女がヨリを戻したいって、いってきたんだ」という。「どういうこと?」と私がたずねると、「彼女とは親同士も公認の仲で、結婚寸前までいっていたんだ」というのだ。それがちょっとしたケンカが原因で別れてしまったらしい。「あいつは、俺の鼻毛の手入れまでしてくれるような女なんだ」と、なつかしそうに話す彼は、未練たっぷりという感じだ。その彼女のほうからヨリを戻したいといってきたのだから、彼だって、うれしいに決まってる。

でも彼は「お前のことも好きだけど、同じぐらい彼女のことも好きなんだ」というのだ。それって、二股宣言なの? その後も、口では「もう、あの女とは別れる」なんていいながらも、彼女とは会っているらしかった。まったくふざけた男だ。

克司は、昔から女の人に食べさせてもらうことがよくあったって、自分でいっていた。男の人が女の人の世話になるなんて、だらしがないもいいところ、言語道断、最低じゃない。もういや! こんな男。私は別れる決心をした。

アメ車でナンパの年下男

やっとの思いで、克司をアパートから追い出したものの、私の心は傷ついていた。だって、初めて会ったころの克司は、あんなにやさしくて信頼できそうな人だったのに。「私はほんとうに人を見る目がない」と思った。自分のバカさかげんがいやだった。

気分の晴れない日が、何日か続いた。

ある日、いつものように仕事に行くためにバスを待っていると、妙に大きいエンジン音のする車が反対車線を通っていったようだった。と思ったら、またその音が近づいてきて、ダークグレーの車が私の横で止まった。近眼の私はその車がすぐそばに現れるまでアメ車だということに気づかなかった。「トランザムだ。かっこいいな」。そのころ、私はアメ車が大好きだった。

フロントガラスが開くと、中から童顔で決してハンサムとはいえない若い男の子が顔を出した。「ねえ、彼女、どこまでいくの。送っていくよ」という。バス停には私以外に誰もいなかった。「怪しいから、構わないでおこう」と思い、シカトすることにした。「ねえ、俺のこと怪しいやつだって、思ってるんでしょ。顔に書いてあるよ」などと、いってくる。そして、ひたすら「送らせてよ。ただ送ってあげるだけだから。俺、変なヤツじゃないって」っていってる。なんだかひょうきんで、おもしろそうな人。それでも「だめだめ。得体が知れないやつなんだから」と思った。バスがもうすぐそこまで近づいて来ていた。「ほら、早くしないとバスが来ちゃうよ」と彼はドアを開けた。思わず私は、言われるままに、彼の車に乗ってしまった。でも、これって彼の魅力というよりは、車の魅力に負けたんだと思う。だって、この車に乗ってみたかったんだ。

「よかった、乗ってくれて。さて、どちらまでお送りいたしましょう」。彼は相変わらず、ふざけた口調で行き先を聞いてきた。私はお店のある地名を告げた。「了解」。車はすべるように快適に走りだした。「やっぱりスポーツカーっていいな」なんて思いながら、乗っていた。

　彼はジャージにトレーナーを着ていた。ルックスはよくも悪くもなく、ごくふつうの今風の若者っていう感じだった、背は高くはなさそうだ。「ねえ、名前なんていうの？　俺、石田薫っていうんだ。なんか女みたいな名前でしょ。俺、三人兄弟の末っ子で、今度こそ女の子だって思って、親が勝手に名前だけ先に考えておいたんだって。それで生まれたのが男だったんだけど、せっかく考えた名前だから男でもいいかってつけられたってわけよ。まいっちゃうよね」といいながらも、そんなこと気にしているふうでもなかった。「私は、山中真由美です」「真由美ちゃんか、いい名前だね」と彼はいった。明るくてよくしゃべる人だ。

「俺は昔からモテなくて、まだ女の人とつき合ったことがないんだ」。「ほんとかな」と思いながらも聞いていた。「ねえ、こんな俺でよかったら、友だちからでいいから、送ってほしいときとか、いつでもいってよ。ソッコーで迎えにいくから」だって。

その日彼は、私を店まで送ってくれると、ポケベルの番号を書いたメモをくれた。「いつでもかけて。待ってるから」そういうと、「じゃあ」といって、帰っていった。「けっこうイイヤツじゃない」って思った。でも、そんな私の考えが甘かったとわかるのに時間はかからなかった。私は彼に電話番号を教えていたのだ。

仕事が終わって家に帰ると、しばらくして彼から電話がかかってきた。「真由美ちゃん？」と、さっきと同じように明るい彼の声がする。「はい」と私。「こんな時間にごめんね。でも、なんか話がしたくて電話しちゃった」と彼。それから、少し話して、明日仕事が終わってから会う約束をした。

次の日、私の仕事が終わるころ、彼は店の近くに車を止めて待っていてくれた。私が車に乗り込むと、「お疲れ様。おなかすいてない？」と彼はやさしく聞いてくれた。「うん、少しすいてる」。お店ではそんなに食べることはないから、いつも帰ってから簡単なものを作って食べていた。「じゃあ、ラーメンでも食べに行こうか。俺、うまい店知ってるんだ」「味噌ラーメン？」と私は聞いた。「味噌がメインだけど、しょう油もうまいよ。夜中の三時ごろまでやってる店で、いつも混んでるんだから。ぜったいうまいって、保証するよ」「ほんとに」なんていいながら、私たちはラーメン屋に向かった。ラーメンはほんとにおいしかった。

私はこの間までつき合っていた二股男、克司の話を誰かに聞いてもらいたくてたまらなかった。だから、車の中でも、ラーメン屋でも、ここぞとばかりに彼に話した。

彼は真剣に私の話を聞いてくれて、「なんてひどい男なんだ！　俺なら、絶対女を泣かせるようなことはしない。そいつ、殴ってやりたいな！」などと、息巻いた。私はうれしくて、思わず彼に甘えた。そんな私の肩を抱き寄せると、彼はそっと、キスしてくれた。

彼は一つ年下だった。私は彼の「俺はモテなくて、女の人と一度もつき合ったことがない」という言葉を信じていた。だから、「俺とつき合ってくれるかな」という彼の言葉に素直に「はい」と答えた。

今思えば、初めて会ったとき、もし彼がすごくカッコいい男だったら、どんなに誘われても、私はきっとその人の車に乗らなかったと思う。彼が童顔で、気取らない格好をしていて、ひょうきんで、ふつうっぽい人だったから、安心しきって車に乗ってしまったのだ。でも、それは彼の非常にうまい演技だった。

つき合い始めて、何日か過ぎたある日、彼が深刻な顔をして私の前に現れた。「どうしたの。元気ないじゃない」と聞くと、「車で事故っちゃったんだ。修理代が十七万もかかるんだ」と、しょんぼりしている。「今ちょうど、お金がなくて。ボーナス前だから、友だちにも貸してもらえなくて……。ほんとに、どうしよう……」口ごもりながら、彼は続けた。「絶対に返すから、お金貸してくれないか？」。

私は彼が年下ということもあり、なんとかしてあげたいと思った。だけど、私自身、そんなにお金を持っていなかった。そのころの私は、冬の臨時アルバイトで朝は工場で働き、夜はスナック勤めという、一日中働きどおしという生活をしていた。

冬の臨時アルバイトというのは、魚の加工工場で、おばちゃんたちが慣れた手つきでさばいた鮭のワタを捨てて、魚の中をキレイに洗ったり、それをさらに大きなタンクに入れてもう一度洗ったりする仕事だった。そのころ、他の仕事だと時給六百円ぐらいだったけど、この仕事は時給千円もらえた。だから、このバイトを選んだのだった。

時給がいいとはいうものの、工場の中は想像を絶するほどの生臭いニオイが立ち込めていた。息をするのもたまらないほど、それはもうすさまじいものだった。真冬の雪の降る中、そんな工場の中で作業をしていた。内臓を捨てているところには、すごい数のカラスが餌をあさりに来ていた。

朝六時三十分に無料の送迎バスが迎えに来てくれて、バスで一時間半かけて工場まで行った。普通に車で行っても四十分ほどかかるところなのだが、途中で何度も止まるので、ずいぶん時間がかかった。そこで六時間ぐらい働いた。時間がないので、夜の仕事場の近くの銭湯で体を洗ってスナックへ出勤していた。

そんなふうにして稼いだ九万円のうちの七万円と、足りない分の十万円を私が金融機関から借りて彼に渡した。もちろん、彼のことを信用していたから。

その話を同僚にしたら、「それって、絶対だまされてるよ」とか、「あんた、金貸しなの？　それなら、私に貸してよ」などといわれた。それでも私は「まさか、絶対に薫はそんなヤツじゃないよ」と、信じて疑わなかった。

ところがその後、薫と連絡が取れなくなった。だけど私は、まだ彼を信じていた。「何か事情があるんだよ、きっと」と思っていた。

だが、スナックにたまたま来ていたお客さんが、彼のことを知っていて、「あいつはまともな人間じゃないよ。頭がおかしいんじゃないかって、みんないってるし。あんなヤツのいうこと信じちゃだめだ」というのだ。「まさか、そんな……」私は絶句した。

その人の言うとおりだった。結局、彼とはそれっきり連絡が取れなかった。後になってわかったことだが、彼はジゴロで、ざっと四十人の女の人をだましていたらしい。私もまんまと、その一人になってしまったのだ。

だけど、人が苦しんでいるのを、なんとも思わずに平気で見ていられる人間がいるだろうか。まして、それが好きな人なら、なおさら助けてあげたいはずだ。まったく、信じられない。恐ろしい。あのひょうきんで、明るくて、やさしかった彼のしぐさや言葉が、全部演技だったなんて。天性のものなのだろうか。まるで悪魔だ。彼の親に電話をしようかとも思ったが、それはしなかった。「親もまともではないかもしれないし……」と思ったから。

そして私は、そのころよく通っていた飲み屋で、思いっきり泣いた。彼とつき合ったのは、ほんの二週間ぐらいだったけど、楽しくて、すごく幸せだった。私は薫が好きだった。本気で彼を愛していた。「それなのに、なんで。全部嘘だったなんて、信じられない。あんまりだよ。ひどすぎる」。周りの人の目なんて、気にしないで、涙が涸《か》れるまで私は泣きじゃくった。

今度こそと思った年上の男《ひと》

次々と現れるろくでもない男たちにうんざりしていた私は、「当分、男はいらない」という気分になっていた。ところが私の気持ちなどおかまいなしに、次の男が現れた。もっとも水商売をしていれば、どうしたって、男の人と接するわけだし、無理もない話なのだが。

その男《ひと》もお店のお客さんだった。だけど、いままでの人とはまったく違い、穏やかで、おっとりしていて、やさしい人だった。彼の名前は鈴木孝治。公務員で、私より十二歳も年上の三十三歳。大人だし、収入もかなりあるらしい。

お店が終わった後、彼は私ともう一人の女の子を誘って、食事や飲みに連れて行ってくれた。その帰りに私がずうずうしく、タクシー代までおねだりしてもいやな顔もしないで「はい」といって、十分過ぎるお金をポンと渡してくれた。そのときの帰りのタクシー代は、私にとっては痛い出費だったので、彼の気前のよさがうれしかった。

そのころ、父が岡山に転勤になり、家族がそろって帯広を離れていった。私は、家にいるのがいやで一人暮らしをはじめたものの、北海道と岡山ではあまりにも遠すぎる。帯広にいい思い出もないし、私も両親の近くにいようと思い、すでに岡山に就職先を見つけ、来月早々にも行くことになっていた。だから、この店にいるのも後一ヶ月ちょっとだった。

そんなある日、いつものように彼のテーブルに、私ともう一人の女の子がついて話をしていた。水割り用の氷がなくなったので、彼女が氷を取りに席を立った。すると、彼が「あとで、食事に行こうね」といって、「二人だけで」とつけ加えた。いつも彼女も一緒に誘うのにと思った私は「彼女は?」とたずねると、「今日は君と二人で行きたいんだ」という。「だめかな?」という彼に「いいですよ」と答えた。そこへ彼女が戻ってきた。

その日、彼はお寿司をごちそうしてくれた。「どう、ここの寿司?」「おいしい。私ウニが大好きなんですよ」「よかった。どんどん食べてよ」「はい。でもどうして今日は、私だけ誘ったんですか?」。「実はね……」といって、彼はビールを一口グッと飲んだ。「実は僕とつき合ってくれないかと思って」「えっ、私?」と、私は彼の顔を見ながら、自分の顔を指さした。「冗談ばっかり」と私がいうと、「冗談なんかじゃないよ。ずっと君のことが気になっていたんだ。君のしぐさや明るくてさっぱりした性格がいいなって思っていたんだ」とまじめな顔で彼がいった。

私は彼のことを、いい人だとは思っていたけど、ただのお客さんとしか考えていなかったので、彼の告白に戸惑ってしまった。私はもうすぐ岡山に行くことが決まっているし、それに第一、十二歳も年が違うんだから。

キズつけないように断らなくてはいけないと思った。「あの、私も鈴木さんのことすごくいい人だって、思っています。でもすごく残念なんですけど、私、今月の終わりには岡山に引っ越すんです」と私はいった。「えっ、ほんとに。そんな話聞いてないよ」「ごめんなさい。誰にもいってなくて。両親が転勤でそっちに行くんで、私も近くに行くことにしたんです」「そう」彼はがっかりしたようだったが、思い直したかのように「だけど、つき合えないことはないよね」といった。彼とまったくつき合う気のない私は「でも、十二歳も年が離れているから、私なんて子どもだし、全然だめですよ。鈴木さんだったら、いくらでも素敵な女の人がいますよ」なんていった。「そうかな……」と彼はへコんでしまった。

その日はそれで別れた。「これで、私のことはあきらめてくれるだろう」と思っていた。ところが、そんな私の思いとは裏腹に、彼はいっこうに私のことをあきらめようとしなかった。あれから、毎晩店にやってきた。いろんな話も聞いた。彼は家が貧しかったから、高校も大学も仕事をしながら定時制へ通って、卒業したのだという。「この人も苦労してるんだ」って思った。

楽しい話もたくさんしてくれた。「真由美ちゃんは、外国に行ったことある？」って聞くから、「全然ない。でも行ってみたいな」っていうと、「行こうよ。世界中どんなところでも君が行きたいところに行こうよ。僕が連れていってあげるから」なんていってくれる。そのうえ、「絶対に君を幸せにする」とか「君のためなら、僕はいつでも死ねる」なんて何度もいってくれた。こうなると、もう私の負けである。年が離れているとはいえ、他に問題があるわけではない。やさしいし、包容力はあるし、お金だってある。公務員だから食べるのにも困ることはない。私は彼とつき合うことにした。

「やっと幸せになれるんだ」と思った。でも引っ越すことは決まっていたから、どうすることもできなくて、〝遠距離恋愛〟ということになった。

孝治さんは、以前三度も遠距離恋愛をしたことがあり、三回ともフラれて、辛い思いをしているから、自分から裏切るようなことは、絶対にしないといっていた。

そして、いよいよ私が岡山に越すという日、空港まで送ってくれた彼は「君が別れようといわない限り、二人の仲は不滅だからね」とやさしくいった。

私が岡山に越してからは、毎日のように電話をしてくれた。そして、往復で十万円もかかるのに、二度会いに来てくれた。そのたびに「戻っておいでよ。一緒に暮らそう」といってくれた。私も帰りたい気もした。

でも、そのとき私には十五万円ほどの借金が残っていた。岡山での仕事は給料がよかったので、これだけはなんとしても、自分で返したいと思っていた。だから、彼には「もう少し待って」といっていた。このくらいのお金、彼に頼めば、すぐに全部払ってくれるだろうと思ったけど、それではいかにもお金だけが目当ての〝水商売の女〟みたいでいやだったから、それだけはしたくなかった。それに子どものころから、帯広にはいい思い出なんてなかったから、またあそこで暮らすのもちょっと気が重かった。

数ヶ月が過ぎ、私はやっと借金をすべて返済し終った。そのころ、なぜか寂しくてしかたがなくなってしまって、帯広に帰ってもいいかと思い始めた。きっと彼も喜んでくれるだろうと思いながら、「そっちに引っ越してもいいかな」と聞いた。すると、あんなに「戻っておいで」といっていたのに、「今、部屋が狭いし、もうちょっとまってくれないかな」という返事が返ってきた。「それなら、仕方がないね」と私は待つことにした。

そういえば近ごろ、彼のようすが少しおかしい。毎日電話をしてくれたのにかかってこない。私が留守電に「電話してね」とメッセージを入れておいても、まったく電話をしてくれない。私はわけがわからず、いらだった。どうしたのか、なんでそうなったのか、何かいってくれればいいのに、向こうからは一切なにも話してくれない。そんな状態が二ヶ月は続いた。

卑怯者。私のほうから「別れて」というのを待っているのに違いない。あれだけのことをいった手前、自分のほうから「別れてほしい」とはいいだせないのだろう。ほんとに、男らしくないヤツだ。

結局、何日たっても連絡が取れなかった。「もういいよ」と私は思った。そして、「別れましょう」と手紙を書いた。その後、彼の部屋にわずかに残っていた私の荷物だけが届いた。それには手紙一つ入っていなかった。

「さようなら」もいわずに、私たちは別れた。彼に女の人ができたという話を後になって、風のたよりに聞いた。

もう、ほんとうに男の人はいらない。このころから、私は頼りにならない男より、自分自身が男になったほうがましだと、心の底で密かに考えていたような気がする。

第二章　悲惨な結婚生活

バツイチ男との出会い

夏も終わりに近づいていた。岡山での私の職場はキャバクラだった。北海道にいたとき、女性週刊誌に載っていた求人広告を見てすぐに応募したのだ。「あっ、岡山があった」というだけで無謀にも私は飛びついた。

私のいた店はキャバクラといっても、ピンク系ではなかったので、服装もちょっと色っぽいスーツとか、ふつうのスーツでもよかった。私は高い服が買えなかったから、安いブラウスとスカートを何通りにもなるように、うまく組み合わせて着ていた。

スナックにいたときは、カウンター越しにお客さんと話をしていたが、ここではボックス席のお客の横に座って接客した。スナックのときの収入は月に二十万円ぐらいだったけど、キャバクラに移ってからは月収がほぼ倍の四十万円ぐらいになった。

ある日、初めてのお客が三人で店にやってきた。そのとき、たまたま指名の入っていなかった私と明美さん、サオリさんで相手をすることになった。私は背が低く、痩せた感じで見た目のあまりパッとしない男性の隣に座った。彼らは言葉づかいがけっこう荒く、仕事がキツイとか、最近は不景気で注文が少ないとか、金がないとかこぼしていた。溶接のような仕事をしている仲間らしかった。

そのうち、お酒がまわってくると、話がだんだん下ネタになってきた。私の隣の男の人は特にエロ話が好きらしく、「こないだ借りてきた裏ビデオのなんだかは、女のなんだかがどうのこうの」とか、聞くに堪えないような下品な話を、平気で、しかも大声で話している。そして、私のほうを向くと「オネエちゃん、ホテル行こうや」と、何度もしつこく誘ってきた。「冗談じゃない。こんなエロおやじと、誰が一緒にホテルなんかに行くものか」と、私は心の中で思っていたが、顔ではにこやかに笑っていた。「全然好みじゃないし、なんてイヤらしいヤツなんだろう」。これが、後に夫となる人と出会ったときの第一印象だった。

それから彼は、なぜか私のことが気に入ったらしく、頻繁に一人で店に来ては私を指名するようになった。キャバクラでは、指名されると指名料が入るから、女の子たちはお客を確保するのに必死になる。もちろん、私も例外ではなく、一人でも多くのお客さんに指名してもらいたかった。だから、お客がスケベだろうと、好みのタイプでなかろうと、そんなことをいって選り好みをしている場合ではなかった。「また来てね」などと愛想を振りまき、ときには電話で「今夜来てぇ。来てくれないと、真由美、寂しい……」などと、鼻声で甘えてみたりした。おかげで、当時私はちょっとした売れっ子だった。

彼は名前を平井敏夫といい、前の男《ひと》と同い年の十二歳年上で、そのうえ子持ちのバツイチだった。彼は離婚した奥さんのことを「だらしのない女で、すっげえ借金作って逃げたんだ。ガキを置いてな」といっていた。そして、「この世の中、金よ。金がすべて」。といったかと思うと、今度は「俺なんか、いてもいなくてもいいんだよ。いつ死んでもいいんだから」といったりする。私は「そうか、ひどい奥さんだったんだね。かわいそうに」とか、「死ぬなんていっちゃダメ。これからじゃないの」とか、なだめたり、やさしい言葉をかけたりした。彼はしだいに、私に本気になってきた。「困ったな。ただのお客なのに……」と私は思っていた。彼は「俺にはお前しかいないんだ。俺から離れないでくれ」といった。私もなんだか彼がかわいそうになってきて、「私が逃げて消えてしまったら、この人は死んでしまうかもしれない」なんて思うようになっていった。

同情心から結婚

彼は「結婚してくれ」と何度もいった。「いい仕事が入りそうなんだ。そいつが決まれば、月に五十万はかたいから、お前にも月に四万円ぐらいは小遣いをやれる。お前の車のローンだって俺が全部払ってやるよ」それくらいのことは簡単そうに話していた。「そのかわり、夜の仕事はやめてくれ」と彼はいった。私は少しずつ「この人と、結婚してもいいかな」という気になった。

そして、ついに彼に押し切られたかたちで、私たちは結婚することになった。私は二十二歳になっていた。

結婚といっても、入籍だけして一緒に暮らし始めた。そのころ、私は両親の近くに越してきたとはいうものの絶縁状態に近く、私がキャバクラで仕事をしていることもいってなかったし、結婚のこともいっさい知らせなかった。

新居は彼の両親の家の隣にあった。そこは以前、倉庫として使っていたところをリフォームしたものだった。だから、ふつうの家より小さく、造りが悪く、天井も低かった。部屋は台所の他に三つで、一階に八帖と十二帖、二階に八帖があった。二階は彼の連れ子が使い、一階の八帖が居間で、十二帖のほうが私たちの部屋だった。

彼から、今はそれほどお金があるわけではないと聞いていた。それでも、結婚するからには「結婚指輪はくれるだろうし、新婚旅行ぐらい連れて行ってくれるだろう」と、私は高をくくっていた。ところが、そんな期待はみごとに裏切られ、彼は指輪をくれないばかりか、新婚旅行にすら連れて行ってはくれなかった。

悲惨ともいえるほどみじめな、私の結婚生活が始まった。

話が違うぞ

部屋の中には、いつごろからあるかわからないような、古くさい家具が置かれていた。鍋やフライパン、皿などの食器類も薄汚れたものだった。前の女の人が使っていたものが、そのまま使われていたのだ。私は気持ちが悪くて使う気にもならなかった。

「家具ぐらい新しいものに替えてくれてもいいじゃない」「こんな汚らしい食器なんて使う気にもなれないよ。せめて、食器ぐらい新しいものにしてよ」と、私は訴え、「そんなことといったって、金がないんだから無理だ。どうすることもできない」と彼はいい、ケンカになった。

結局、私は「金に余裕ができたら、お前の好きなようにしてやるから」という彼の言葉を信じるしかなかった。

いやなことは、それだけではなかった。浪費家だったという前の奥さんが買い込んだというアクセサリーや洋服が、そのまま処分もされないで置いてあったのだ。その人は持って行こうともしないのだ。数もけっこうある。「冗談じゃない。そんなもの私が来る前に捨ててくれるのが常識じゃない！」私は頭にきていた。そして、またケンカだ。

それればかりではない。月五十万円になるという仕事の話はどうなったのか、彼の月収はいつまで経っても二十万円前後だった。そのお金も家のローンや子どもの教育ローン、彼の車のローン、そして前の奥さんが残した借金の返済などに消えていった。

結婚前に彼が約束してくれた「月四万円のお小遣い」も、「私の車のローンの支払い」も彼はどれも約束を果たしてはくれなかった。それでも、私は泣く泣くガマンした。なぜなら、もうお腹の中には彼の子どもがいて、逃れようがなかったのだ。

結婚して一年足らずで娘が生まれた。しかし、状況は何も変わらず、家族四人で食費が月五万円という生活が続いた。それも上の子の弁当代も含めてだったから、やりくりがたいへんだった。外食したのは、四年間で三回だけだった。ただ一つ、救いだったのは、隣に住む彼の親が田畑を作っていたので、米だけは一度も買わずに済んだことだった。

家計は四六時中、火の車だった。おやつも買えない、雑誌も買えないような生活だった。それでも妊娠中は、外へ出て仕事をすることもできなかったから、私はしかたなく愛車のシビックを安い軽四に変えた。

自分のお金が欲しかった私は、娘が生まれて四ヶ月目から、スーパーで朝八時半から午後一時半までのパートを始めた。そこで得た収入だけが私の自由になるお金だった。そのお金で自分の車のローンを払ったり、家計の足しにしていた。そして、ほんの少しずつ貯金もしていた。しかし、生活はいっこうに楽にならないばかりか、私は車をぶつけてしまって、わずかな貯金もその修理代に消えてしまった。

夜の仕事をすれば、かなり生活が楽になると思ったが、彼がどうしても「夜の仕事だけは、ぜったいにしないでくれ」といってきかなかった。前の奥さんがずっと夜の仕事を続けていたのが、とてもいやだったらしい。

結婚する前に彼がいっていたことと、現実はあまりにも違いすぎた。私は「これじゃ、あんまり話が違う。ほんとにだまされた」とつくづく思った。

先妻の子は最悪なガキ

結婚することになったとき、初めて彼の息子に会った。体は小さいほうで、身長百五十数センチぐらい、色白で手足の毛もあまりなく、顔は女の子っぽくて声も甲高かった。成長ホルモンが不足しているのか、ひ弱そうな子に見えた。

父親にうながされ、「隼人です」と名乗ったその子は、そのとき十三歳で、私より九歳年下だった。私には十歳違う弟がいたので、彼のことが弟といくらかダブって見えた。だから、「仲良くしよう」と思った。

隼人君は、私のことをいやがるわけでもなく、いうこともよく聞く素直で性格のいい子だと思っていた。

ところが、そう思ったのもつかの間で、この子にはほんとうに手を焼かされた。

とにかく、しつけがなっていないから、時間や約束を全然守らない。それに、根っからのお気楽マイペース人間で、何度注意しても馬耳東風、まったく直そうという気がない。風呂嫌いで、めったに風呂に入らない。脱いだ服は脱ぎっぱなしで、そこいらへんに置いてある。ゴミをゴミ箱に入れない等々。

そして極めつけは、二階の自分の部屋から一階のトイレに行くのが面倒だという理由で、空になったペットボトルに小便を入れて、それを何本もずらりと置いてあるのだ。あきれかえってものがいえない。ゴミだって散らかし放題で足の踏み場もない。どうかすると、夏などは虫が湧いたりしていたようだ。さすがに、本人もいたたまれなくなったらしく、殺虫剤を取りに来ていたこともある。

私はめったに彼の部屋に入ることはなかったが、たまたま用があって部屋をのぞくと、あまりのすごさにめまいがしそうになった。

暴力をふるったりする子に比べれば、よいほうなのかもしれないが、この子は平気で嘘をつくし、大事な約束を守らない。

私はすっかりこの子が嫌いになり、口もきかなくなった。夫ともこの子のことでは、数え切れないほど何度も大ゲンカをした。そのたびに、夫は息子のことがかわいいらしく、「相手は子どもなんだから、お前のほうが折れるべきだ」と、私ばかりを責めた。


十六歳ぐらいになると、女の子のようにひ弱に見えた隼人も色気づいてきた。自分用のテレビとビデオをやっと買ってもらえた彼は、密かにイヤラしいビデオを手に入れて、夜悶々としていることがあった。

ある日の夜中、私はたまたま目が覚めてしまい、寝つけないでいた。すると、上から〝ギシギシシギシギシ〟という振動が聞こえてきた。その音は延々と続いた。「たぶん、してるな」と私は思った。その音は、三日間、夜になると続いた。なにしろ造りが簡単な家だから、ちょっとした音や振動がすぐ伝わってしまうのだから彼も気の毒だ。きっと初めてそういうビデオを見て興奮してしまったのだろう。

あの子は自分がそんなことをしているなんて、誰にも知られたくないだろうに、この家にはプライバシーなんかない。もっとも、彼は私が知っていることに気づいてはいないと思うけど。

でも私だって、好き好んで、そんなこと知りたいとも思わない。「イヤだなー。またしてるよ」って思ってた。そのころはもう、あの子のことが嫌いになっていたから、なおさら気持ちが悪かった。

夜の生活

夫婦のケンカは絶えなかったけど、それでも夜になると、夫は私を求めてきた。

ところが、彼は十六歳のときにスクーターで事故を起こし、その後遺症で腰を痛め、きつい仕事で無理が続いたりすると、けっこうしんどそうにしていた。だから、セックスのときもあまり腰を動かせないようだった。ふつうにできるときもあるのだが、たまに激しく腰を動かしすぎて、「腰が痛い」と途中でギブアップすることがあった。それはそれで、かわいそうな気もするが、「しよう。しよう」ってうるさく誘うくせに、そんなことではこっちだって、ちっともいい気持ちになんかなれやしない。夫はとりあえず、自分だけがイケればそれでいいっていう自分勝手な人で、私のことなんかどうでもいいっていう感じだった。

子どもを産んでから、私はなおさら彼とセックスするのが苦痛になってしまった。それに、結婚する前私が「子どもは四人欲しい」といったら、彼は「にぎやかになるぞ」なんて、うれしそうに笑っていたのに、この貧乏生活では一人産むのが精一杯だ。だから、「もう、子どもはいらない」といいながらも、求めてくる夫を私は拒むことが多かった。「セックスは子どもを作る行為なんだから、もう、子どもはいらないというのなら、する必要はない」と私は思った。

相変わらず、夫婦ゲンカは絶えないうえ、私が夜のいとなみを拒むものだから、彼はますます気に入らず、不機嫌になってしまう。しかたがないので、何ヶ月かに一度ぐらいはイヤイヤつき合っていたが、そのうち、ほんとにいやになってしまった。

それでも夫は求めてきた。私はほんとに不機嫌にきっぱりと「したくない」と何度も断った。そんなことが続いたので、私がほんとにいやがっているということが彼にもやっとわかったのか、あきらめて求めてこなくなった。

そのせいか、夫は一人で、よくいやらしいビデオを見ていた。それでも彼は、「俺は一人ではしない」といっていた。じっとがまんしていたのだろう。

彼が見ていたビデオには、同僚から借りてきたりしていた裏ビデオもあった。私は昼間、それらのビデオを一人でこっそり見ていた。彼とするのはいやだけど、基本的に私はそういうのを見るのが好きだ。でも、まじめだから浮気はしない。

このころの私はまだ女だった。でも、そろそろ男になりたいという願望が、心の底で動きだしていたのだと思う。

がまんの限界

子どもが生まれてから、夫は居間で、私と赤ん坊は十二帖の部屋で寝ていた。十二帖といえば広いようだが、そこには夫の釣り道具やゴルフ道具が無造作に置かれ、所狭しと積み重ねられた衣装ケースには、もう着てもいないどうでもいいような彼の服がびっしり入っていた。いくら「かたづけてほしい」と頼んでも彼はいっこうに応じてくれない。自分ではかたづけようもないほど雑然としたこの部屋にいると、私はいらいらがつのってくる。まったく気が休まらないのだ。

居間だって、似たようなものだった。だから、私は人が来たりするのがいやだった。だらしがない奥さんだと思われるに決まっているから、こんな光景を人に見せたくはなかった。それなのに、夫は平気でお客を連れてきた。

そんなこともケンカの原因になった。夫婦ゲンカが絶えなくなり、夜のいとなみもなくなって、夫は以前にもまして冷たくなった。

そしてとうとう、何ヶ月もお互いに口をきかないという生活が続いた。夫のことも息子のことも、貧乏生活もすべてがいやだった。私は精神的にも肉体的にも疲れきってしまい、ノイローゼになりそうだった。

もう、限界に近かった。それでもできれば、離婚はしたくなかった。私の人生において、離婚をするような夫婦になりたくなかった。幸せな結婚生活を送って、一人の人と添い遂げたかったのだ。

だから、辛くても歯を食いしばった。生き地獄だった。それでも「こうやって耐えていれば、いつかこれも笑って話せるときがくるんだ」と自分にいい聞かせた。

だけどやっぱり、いつも追い詰められているような強迫観念があった。いかに食費を切り詰めるかいつも考えていて、二十四時間私の脳裏から離れることがなかった。「もし私が倒れたら、病気になったら……」とても生活できないと思った。精神的にまったく安らげることがなかった。

元気でほとんど病気もせず、無邪気に笑う娘だけが私の救いだった。私も風邪をひくぐらいで、仕事も始めてから三年間一度も休むことはなかった。

それでももう、ほんとに限界だった。夫は娘に対しては少しは愛情があるようだが、それでも機嫌が悪いときには冷たく邪魔者扱いする。仲の悪い両親は、子どもにはいやなものだ。このまま、気持ちにゆとりも持てないような環境で子どもを育てるわけにはいかない。片親になっても、愛情をいっぱいに注いで育てたほうが〝子どものため〟だと思った。私は離婚を決意し、彼もそれに同意した。こうして、私たちの結婚生活は四年で幕を閉じた。

それでもまだ最初のうちは、私もいくらか情が残っていたから、いつか娘が大きくなったとき、もし彼が一人で寂しくしていたら、もう一度彼とやり直してもいいと思っていた。

しかし、彼は別れるときに、払うと約束してくれた慰謝料や子どもの養育費など百万円ぐらいの金を、一年経った後になってもまったく払おうとする気配もない。なんという人なのだろう。あきれてものがいえない。私が男だったら、絶対にそんなことはしない。どんなことをしても責任は果たすだろうと思う。

無理に要求すれば、彼もしぶしぶ払うかもしれないとも思うがそこまでして、金をむしり取る気にもならない。

そういう〝ろくでなし〟だったのだと思うことにした。そのほうが、これからに向けて、早く立ち直れると思った。

好きでもなかったのに、「俺なんか、死んだほうがいいんだ」という彼の言葉に、「かわいそうな人」なんて、つまらない同情をした私がいけなかった。今ならはっきりと「勝手に死ねば」といえるのに。あのときは「私がいなければ、この人はダメになってしまう」とか、「私がこの人をなんとかしてあげよう」なんて思ったりしてしまった。

彼の口車にみごとに乗ってしまった私がバカだった。彼がいったことは全部嘘だったのだから。収入だって嘘、子どものことだって嘘、どれもこれも嘘。私はだまされたようなものだ。

これでもう、ほんとに男はうんざり。「もう、いやだ」って、心底思った。自分が女でいるのもいやだった。これからは私が娘をしっかり守ってやらなければと思った。

そして、私は「男に生まれ変わって生きていきたい」と初めて真剣に考えていた。

第三章　不幸の星の下に

二卵性双生児

私は昭和四十八年十二月に、静岡県下田市で生まれた。

予定日より三ヶ月も早い、七ヶ月目に入って間もないころ、母は急激なお腹の痛みを訴え、出血した。夜十一時を過ぎていたが、驚いた父は急いで母を車に乗せ、病院へ向かった。父からの連絡で、待ち受けていた医師によって診察を受けた母は、そのまま入院することになった。

激しい陣痛が続き、陣痛の間隔がだんだんに少なくなって、ようやく母が分娩室へ運ばれたのは入院してから二日目の真夜中の二時ごろだったという。

生まれたのは、小さな小さな二人の女の子だった。その一人が私である。早すぎる出産だったため、私の体重は一四〇〇グラムほどしかなかったと聞いている。だが、そんな私よりもさらに小さかったという、二卵性双生児の妹は、生まれて二時間でこの世を去ってしまった。私のことも、両親は医者から「最善は尽くしますが、この子も覚悟しておいてください」といわれていたという。

未熟児だった私は、それでもなんとか生きのびた。

しかし、親に甘えたり、抱きしめてもらったり、やさしくされたという記憶がまったくない。

まるで、不幸という名の星の下に生まれたかのような私の人生がはじまった。

愛のない家庭

私には父と母、そして二歳年下の妹と十歳違いの弟がいる。傍目には、ごくふつうの家族だし、もちろん、両親とも実の親だ。

しかし、もの心ついてからの記憶にある母は、冷たく、怒ってばかりいる人で、私には恐ろしい存在だった。父はまた、何もいわない人だった。

私たち家族は、父の仕事の都合で転勤が多かった。私が二歳のころ茨城に移り、五歳ぐらいのときに千葉へ引っ越した。それまで幼稚園に通っていた私は、当然新しい幼稚園に行けるものだと思っていた。ところが母は、私を幼稚園に行かせてくれなかった。私は「いつになったら、新しい幼稚園に行けるのだろう」と思っていたが、母に聞くことはできなかった。そして、そのまま小学校に入るまで、幼稚園に通うことはなかった。

後になってわかったのは、母が幼稚園の手続きとか、いろいろ面倒くさいからという理由で、行かせてくれなかったということだった。

当時母はパートの仕事をしていた。そこの職場には託児所があったので、私はそこにずっと預けられていた。そこには、小学校五年生ぐらいのガキ大将みたいな男の子がいて、私はいつもその子に目をつけられ、何かにつけてイジメられ、ウルトラマンの怪獣役をやらされたりしていた。私はそれがいやでいやでたまらなかった。でも、いうことを聞かないと乱暴をされるので、しかたなく泣きたい思いで怪獣役をやっていた。しかし、母はそんな私を見ても助けてくれるどころか、まったく知らん顔だった。

イジメはつらいし、母は恐い。私は頼る人もなく、だんだん無口になり、弱くておとなしい人間になっていった。

母はとにかく私の面倒を見るのがいやだったらしい。幼稚園に通わせてもらっているときでも、お風呂には一～二週間に一度ぐらいしか入れてもらえなかった。まだ、一人でお風呂に入ることができなかった私は、まわりの子どもたちに比べてずいぶん不潔な子どもだったと思う。

両親は、学校の勉強にもまったく無関心で、何一つ教えてくれるわけでもなかった。幼稚園にもまともに行っていない私は、小学校に入学してからすぐのテストで、みんなができるとても簡単な問題すらわからなくて困った覚えがある。

忘れ物もよくした。先生から「お母さんにぞうきんを二枚縫ってもらって、持ってきてください」といわれたときも、母は用意してくれなかった。他の子はちゃんと持ってきていた。私はとても恥ずかしかった。母が買ってきたぞうきんを用意してくれたのは、一週間も後だった。

そんなことは一度や二度ではなかった。給食費のことだって、学校からの連絡事項だって、いつも、私は母に頼んであった。母は「わかった」といっていた。それでも期日までに間に合うことは希だった。

あるとき、先生から「山中さんは忘れ物が多いですよ」と注意されたことがあった。でも、私はそれ以上くどくは、母に頼めなかった。

勉強もはじめから、よくわからなかったから、みんなについていくことができなかった。宿題もやりたくてもわからないから、よく忘れたことにした。洋服も何着もなかったから、同じ服ばかり着ていた。何につけてもだらしのない子だった。そのうえ、おとなしいから、学校ではなかなか友だちもできなかった。

私はすべてのことに劣等感を感じていた。

イジメ

そんな私を、クラスのイジメっ子たちが見逃すはずもなかった。私はすぐにターゲットにされた。

そのころの私は、犬でも虫でも爬虫類でも、生き物ならなんでも好きだった。ある日の放課後、私が昇降口で靴を履き替えていると、靴箱の下の隅の方にじっとしているモノがいる。近づいてみると、それはどこから来たのかわからないほど、埃にまみれたヤモリだった。私はそっとヤモリを手にとると、大切にポケットにしまい、家に持ち帰った。そして、きれいに埃を落として、餌を与え、飼いはじめた。

学校では、クラスメイトの男の子が大きなカエルを持ってきて、水槽に入れて教室で飼っていた。だから、私もヤモリを教室に持っていった。それが気に入らなかったらしく、女の子たちが五人ぐらいかたまってヒソヒソと「こんなモノを持ってくるぐらいなら、宿題を持ってくればいいのに」と、いっているのが聞こえた。

学年が上がるにつれて、イジメもエスカレートしていった。濡れ衣もよく着せられた。あるとき、クラスでもかわいくて人気のある女の子が大切にしていた果物の形をした匂いつきの消しゴムがなくなった。「山中じゃないの？」という声が、クラスのあちこちで聞こえた。私は大声で「私は人のものなんか、盗ったりしない」と叫びたかった。でも声がでなかった。勇気がなかった。「黙ってるもん。やっぱり、山中が盗ったんだ」ということにされてしまった。結局、消しゴムは見つからなかった。

体育の授業から戻ってくると、スカートが見当たらなかったこともあった。私がうろうろしていると、なぜかニヤニヤしている人たちがいる。「どうしよう。スカートがなくちゃ、着替えることができない」私はあせって、教室中を見てまわった。そして、やっとのことで、ごみ箱の中に放り込まれたスカートを見つけた。スカートはしわくちゃになっていた。でも、はかないわけにはいかなかった。私は悲しかった。そんな私を見て、男子は笑っているし、女子も遠巻きにヒソヒソと話している。誰も助けてくれなかった。

陰湿なイジメが続いた。だけど、私は何の抵抗もできなかった。

そのころの私の唯一の楽しみは、学校から帰ってから、社宅の子どもたちと一緒に遊ぶことだった。四階建ての大きな社宅だったから、子どももたくさんいた。ほとんどの子が私より年下だったこともあり、ここでは私がリーダー的な存在で、このときばかりは元気に外で遊びまわっていた。

小学四年の秋に、父が北海道の帯広に転勤になった。私は転校すれば、イジメられなくなるだろうと思った。

ところが、「勉強ができない。だらしない。おとなしい」という悪条件がそろった私は、ここでもまた、イジメられることになる。最初はいやがらせをいわれたり、物を隠されたりしていた。そのうち、クラスのみんなにシカトされるようになり、トイレの中で上から水をかけられたり、ただのイジメではなく、口に出せないようなこれでもかというような意地悪を何度もされた。それは小学校を卒業するまで続いた。

すごくつらくて、もう人間が信じられなくなり恐かった。私がこんなに苦しんでいるのに、親は助けてくれない……。私は毎日「死にたい。死んで楽になりたい」と思っていた。

母の仕打ち

学校でひどい目に合い、ぐったりして家に帰った。家へ帰ると、私はまっさきにおやつを自分の部屋で食べ、それからずっとスーパーファミコンをやっていた。この時間だけが私の安らぎだった。だから、私はこの時間が好きだった。よく夜中の二時ごろまでやってしまい、次の日の授業のとき眠かったことを思い出す。

母は相変わらず、冷たく、ニコリともしてはくれなかった。

今でも鮮明に覚えていることがある。私がまだ小学二年生のころのことだった。腐ったものを何日も続けて、食べさせられたことがあったのだ。それは、何も具の入っていないスパゲティーにただケチャップで味をつけ、その上にちぎった海苔がかかっているというだけの食事だった。「変にすっぱい感じで、なんだか味がおかしい」と思ったけど、文句をいったり、残したりすれば、母にぶたれるから何もいわずに黙って全部食べた。しかし、食後三十分ぐらいすると、どうにも気持ちが悪くて吐いてしまった。その食べ物が四日続けて、一日のうちの一食に出てきた。そのたびに私は吐いていた。他のものは食べても吐かないのに、それを食べると必ず吐いてしまう。私は四日目に母が同じものを食卓に出してきたときに、たまりかねて「他のものは吐かないんだけど、これを食べると、なぜか、どうしても吐いてしまうので、食べなくてもいいですか?」とたずねた。すると、さすがに母も「まずかった」と思ったようで、それからは出てこなくなった。

ひどいのは食事ばかりではない。母はイライラしていると、私が何もしていないのに、強くたたくとか、髪の毛を持って引きずりまわすなど、日常的に私に暴力を振るった。私が病気になったときも、なかなか病院に連れて行ってくれなかった。

母は私だけでなく、妹や弟にもつらくあたった。が、私が長女ということもあり、なにかにつけて、私にストレスをぶつけてきた。「これがほんとうの母親だろうか」と私は何度も思った。

そんな母の行いを薄々知っていながら、父は「子どもたちをなんとかしてやろう」と思うわけでもなく、ただ、黙って見て見ぬふりをしていた。

私が中学ぐらいになると、父と母は、もうまったくといっていいほど、会話をしなくなっていた。というか、父が何かいっても、母は相手にせず、いっさい口をきかなかった。母は私たち子どもにも、必要以外のことは一切話をしなかった。私が何かいっても聞こえないふりをした。いつの間にか食事も、母は一人で台所で食べるのが当たり前のようになっていた。父は、安ウィスキーを飲みながら私たちに、母のグチをさんざんこぼした。

こんな状態が続くことにうんざりしていた父は、少しでも改善しなくてはと思ったらしい。そこで、父が母に「君は疲れているんだよ。しばらく実家に帰ってゆっくり休んできたらどうだ」とやさしく切り出した。しかし、母はいくらいわれても実家に帰ろうとはしなかった。おそらく、ほぼ百パーセント、自分が悪いということを、母自身がわかっていたから、実家へは帰りづらかったのではないだろうか。

結局、父と母は離婚をするわけでなく、状況は何も変わらなかった。

私は中学へ入った。それでもイジメは終らなかった。

しかし、さすがに母は私に身体的な暴力を振るわなくなった。そのころにはもう、私の体のほうが母よりも大きくなっていたから。それでも、やはり自分の部屋で一人でするゲームだけが私の心のよりどころだった。

反抗期

中学二年も終わりに近づいていた。それまでおとなしく、がまんしていた私にも反抗期が訪れた。相変わらず勉強はおもしろくなかった。友だちもいない。親に対する不満もたまりにたまっていた。私は「ふざけるんじゃない」と思うようになった。

それでも、学校へは行っていたが、まっすぐ家に帰るのがいやで、ゲームセンターなどに出入りするようになった。ゲームに熱中していると、現実を忘れることができた。もう布団の中で泣くこともなくなった。「泣いていてもはじまらない。強くなろう」と心に決めた。

勉強があまり好きでなかった私は、高校なんてどうでもいいと思っていた。だから、まったく勉強もしなかった。だから、先生からも「このままでは、入れる高校はない」といわれていた。

ところが、それまで教育には、まったく無関心だったはずの母親が、「定時制でもいいから高校ぐらい出ておきなさい」とうるさくいった。世間体というやつらしい。しかたなく、私は定時制に進学した。

昼間はペットショップでアルバイトをしながら、夜は高校に通った。動物の好きな私はペットショップの仕事が楽しかった。高校ではイジメはなかった。だから、はじめのうちはまじめに通っていた。しかし、私と同じように入れる学校がなくて、しかたなく定時制に来たという仲間が数人いた。その子たちと友だちになり、カッタルイからと学校へ行かなくなった。その中に暴走族と関わっていた子がいて、私も誘われて集会にもいった。夜は学校へ行く振りをして遊びまわるようになった。数ヶ月、不良のような生活が続いた。夜遅くまで遊んでいたので、昼間の仕事がおろそかになり、クビになってしまった。

私は思った。「不良なんかやって、こんなふうになってしまった自分を親に見て欲しいって、甘えてるみたいじゃないか」。私はほんとうに親が嫌いだった。だから、そんな親に甘えるのはぜったいにいやだった。「こんな生活はやめよう」と決め、不良仲間から離れた。そして、高校もやめた。十六歳、高校二年のときだった。

私はスーパーのレジの仕事をパートでするようになった。だが、職場の雰囲気や仕事になじめずに三ヶ月ほどでやめた。その後は、市場に勤めた。まだ、十七歳になったばかりの私は、年上の大人ばかりの職場で対人恐怖症のようになってしまった。そこもやめて、それでも働かなくてはならないので、パチンコ店の店員になった。それから、スナック、キャバクラへと移っていった。

父の決心

私が十八歳のとき、父がついに離婚を決意した。そのころ、父は、すでに五年も母と会話のない生活をしていたのだ。

父は私に「どっちについてくる」とたずねた。それまで、一度も涙を見せたことのない父の目がかすかにうるんでいた。「このまま一緒に生活していてもお互いに何の進歩もないから、お母さんと別れる」といった。

私は「もちろん、お父さんについて行く」といった。父は頼りなく、いくらか変わり者だったが、母と比べれば、はるかにましだった。このとき、その場にいたのは、父と私だけだった。弟も父について行くというはずだ。しかし、妹は顔もかわいく、勉強もできたので、ひどい目に合っていたとはいえ、兄弟の中では一番母にかわいがられていた。だから、「妹はどっちにつくかわからないよ」と私はいった。

私は「ついに、このときがきた」と思った。でもこうなる前に、何で父は、母にもう少しいろいろといってくれなかったのだろうと思った。しかし、私はもう十八歳だったから、父の気持ちも理解でき、離婚もしかたないと思った。ただ、弟はまだ八歳だったので、かわいそうな気がした。親の離婚で傷つくのではないかと案じた。でも、こんな夫婦だから、いっそ別れたほうが幸せかもしれないとも思った。

ところが、なぜかこの後、両親は仲直りをして、五年ぶりに会話をしはじめたのである。いったい何があったというのだろう？

そのころの私たち家族は、ずーっとメチャクチャだったから、いまさら、仲直りをして会話をはじめた二人を見ても、私はうれしくもなんともなかった。かえってその光景は不自然でしらじらしく、気分が悪かった。

ともあれ、両親の離婚は免れた。

母の告白

父と母が、昔からなぜこんなに仲が悪いのか、私にはわからなかった。私は子どものころ母に「お父さんと仲良くしてください」と頼んだことが何度かあった。そのたびに母は

「お前も大人になればわかる」と、いっていた。

その母が、私が十九歳になったある日、二人だけのときに話しはじめた。「去年、お父さんが離婚しようっていったとき、母さんはどうしようもなく精神的に追い詰められてしまったの。どうしていいかわからなくて、結局、お父さんに助けを求めるしかなかったのよ」といった。そして、もう私のことを大人だと認めたからか、そのとき母は父に頼んで性的なことをしてもらったのだといった。私はそんな話、聞きたくもなかった。理解に苦しんだ。そのころ、私はまだ男を知らなかった。知っていたとしても自分の親がセックスするなんて、子どもにしたら、考えたくもないことなのだ。「そんなこといわないでよ」って、感じだった。

母は勝手に話を続けた。「母さん、お父さんと結婚する前に、とっても好きな人がいてね。でもその人に自分で告白する勇気がなくて、友だちに頼んで、彼に気持ちを聞いてもらったのよ」。そうしたら、その友だちが、「彼、あなたのこと好きじゃないみたい」と伝えてきた。母はすっかりその言葉を鵜呑みにして、その人のことをあきらめて、すぐに見合いをして、今の父と結婚したのだそうだ。そして、すぐに私ができたのだという。

ところが、私が三歳のころ、その好きだった人から、こっそり手紙がきて、その手紙には「私はあなたのことが好きでした——」と書かれていたという。その手紙を読んだ母は、信頼していた友人が嘘をついていたことを知り、愕然とした。そして、この結婚が失敗だったと、強く思ったという。

「それから、私は変わってしまったの。ノイローゼのようになり、お父さんのことも愛せなくなり、子どももただ、憎らしくなってしまった」。母はそのことがあってから、すっかり気持ちが落ち込み、暴力を振るったりするようになったという。心が冷え切ってしまったのだ。それでも、妹と弟が生まれた。子どもには何の罪もないのに、母は愛そうとはしなかった。

母は十三人兄弟の七番目で、みんなにかわいがられてかなりわがままに育ったらしい。だから、自己中心的なところが強かったのかもしれない。

こんな話をするようになってから、母は少しずつ変わっていった。そして、現在は、もうふつうの温かい人になっている。ただし、父とはやはりふつうに会話ができるまでにはなっていないようで、できれば一緒に住みたくないようだ。だから、今、父は単身赴任で福島に行っている。最近になって、弟が父と一緒に住むようになった。弟は母といるより、父といるほうがいいのだろう。

今、私は母とうわべではふつうに話をしている。でも、昔のことを決して忘れたわけではない。母の暴力に脅えた日々のことを。もしも、あのころのような母の暴力がそのまま続いていたとしたら、私は金属バットで母を殴り殺していたかもしれないと思うことがある。私は母を心から許す気持ちにはなれない。絶対に。

第四章　男への変身願望

強くなりたい！　男になりたい！

私は今日に至るまで、ほんとうに幼いころから、おもしろいように不幸なことばかりが続いた。仲の悪い両親、冷たい家庭、母の暴力、友だちからのイジメ。転々と変わる仕事。つき合ったひどい男たち。そして、離婚。何度、「死にたい」と思ったことだろう。

今でも決して幸せだとは思えない。もし、子どもがいなかったら、私はとっくに死んでいたかもしれない。私には三歳になるかわいい娘がいる。この子を残して死ぬことはできない。

だから、私は強くなりたい。そして、男になりたいのだ。

強くなりたいという気持ちと、男になりたいというのは別物だろうといわれるかもしれない。だが、私の心の奥底に眠っていた男になりたいという願望が、離婚という現実を境に、明らかに目をさましてしまったのだ。

今、私は身も心も男として、生まれ変わって生きていきたいと本気で思っている。もう、女の体に何の未練もない。

一人で楽しむ〝愛の物語〟

そうはいっても、離婚したばかりのころは、一日中男の人のことばかり考えていたこともあった。職場で何かの拍子に男性の手が触れたりすると、それだけで気持ちよく、得をしたような気持ちになった。欲求不満だったのだ。

そのころ、スーパーのパートの仕事が二時ごろ終わり、死ぬほどお腹がすいているのに、家に帰るとすぐに、まずソレをしてしまうほど、やりたくてたまらないことがあった。自分でも「どうかしている」と思いながらもがまんできなかった。休みの日など、一日中やっていたこともある。

だからといって、実際に男の人としたいという気持ちは、まったくといっていいほどなかった。それほど、傷ついていたし、男性不信になっていた。

私は十二歳ぐらいのときから一人の楽しみを覚えた。そして、それをするときには、いつも自分で〝愛の物語〟を創って楽しんでいた。結婚していたときは、その必要がなく、忘れかけていた〝愛の物語〟を楽しむ行為を、再び、夜布団の中ですることになった。

例えば、こんなストーリーだ。夜遅く、ストレートで長い髪のお嬢様ふうの清楚な感じの女性が、誰もいない樹木のうっそうと茂った公園の中を家路を急いでいる。電灯はところどころついているが、暗く薄気味悪いところだ。「今日はこんなに遅くなっちゃった、早く帰らなくちゃ」と急ぎ足で彼女は歩いている。と、そこに黒い服を着たロンゲで翳のある感じの男が突然現れる。彼女は驚いてその場に立ちすくみ、声も出せない。男はニヤリと笑って彼女に近づくと、口を手でふさぎ、公園の奥に引きずり込む。そして、いやがる彼女を強引に犯す。

こんなことが実際にあったら、冗談じゃないと思うけど、想像の中ではこういうことも有り。ワクワクゾクゾクしてしまう。そのときによって、私は襲われるほうだったり、襲うほうだったりする。

輪姦とか、黒人との話もよく考えた。一時、どうしても黒人としたいと思ったことがあった。子どものころから、男の人は日焼けしている人がいいと思っていたせいか、それがエスカレートして黒人願望になったのかもしれない。

そのころ読んだ雑誌の影響もかなりある。それには、ズバリ〝黒人じゃないといや！〟という女たちの話がリアルに書かれていた。小柄な女の子が、すごく背の高い黒人男性に軽々と持ち上げられてしまって、そのままの体勢でずーっとされていたとか、精力が旺盛だとか、とてもよく愛撫してくれるとか、「もう、黒人じゃないと満足できない！」っていう感じだった。私は「いいな……」と思いながら「いつか私も黒人と……」と密かに思っていた。黒人は、やさしそうなイメージがあって、あの目でじーっと見つめられたり、やさしくささやかれたりしたら、もうたまらないって感じだった。しかし、月日が流れ、ついに黒人とすることもなく、今はもう、そんなことも思ってはいない。

ところで、話は変わってしまうが、外人といえば、男性の性器はやはり外人のほうが大きいと聞いた。ただ、白人男性のは大きいけれど〝硬さ〟に「難」があるそうで、黒人男性のは〝大きくて、なおかつ硬さも申し分ない〟そうだ。つまり、ある意味〝理想的〟なわけだが、実のところは知るよしもない。

ちなみに、日本人男性のモノは白人や黒人に比べると小さいけれど、〝硬さ〟は十分だそうで、ある雑誌の風俗店の紹介のページに、アメリカ人の風俗嬢が「日本人の男の人のちん〇、とても硬くてスバラシイ!!　タクサンサービスシマスワ!!　ぜひ来てね」と書いてあって、私は思わず、この女の人が喜んでいるところを想像してしまった。

どうやら、女性はみんな硬いのが好きなようだ。男の人もたいへんだ。

それから、いまだに勘違いしている人のためにいっておきたい。よく鼻の大きな男はアソコも大きいとか、口の大きい女はアソコも大きいとかいうが、これは一切関係がないようだ。信じないほうがいい。

話がずれてしまったが、今はまた〝愛の物語〟をいろいろと考えて楽しんでいる。私は雌雄同体のように、その日の気分で女役を演じたり、男役を演じたりしていたが、このごろは、ほぼ九十パーセント男役になっている。

理想の男性は私自身!?

最近、私はあることに気づいてしまった。それは、私の物語の中にでてくる理想の男性、見た目もカッコイイその男の人は、実は自分自身だったのではないかということなのだ。

私は目鼻立ちがはっきりしていて、眉毛も濃く、男っぽい顔立ちをしている。自分でいうのもおかしなものだが、男になったら、けっこうイケてるかもしれない。

まだ、男になりたいなどと思ってもいなかったころは、よく鏡を見て、「なんでこんなに男っぽい顔なんだろう」と嫌気がさしたことが何度となくあった。足も二十五センチと大きく、幅も広くて男の人の足のようだ。背は百六十センチちょっとだから、高いほうとはいえない。男になるなら、後二十センチは欲しいところだ。

私が「男になりたい」と思い始めたのは、今から五年ぐらい前だった。テレビで〝ミスダンディ〟とかいうのをやっていて、「仲間がいる」と思い、うれしかった覚えがある。ただ、そのときは彼氏もいたし、漠然とした気持ちだった。

そして、私の「男になりたい」という願望は、たぶん、私が女のままで幸せだったら、考えもしなかったことだと思う。「男になりたい」という想いは、女としてこれまで生きてきて、どの男からも真剣に愛されなかった私がたどり着いた、自分の人生をバラ色にするための究極の結論にほかならない。今はただ「男になりたい」と心底思っている。

だから、性同一性障害で真剣に悩み苦しんでいる人たちなどとは少し違うかもしれない。でも、そういう人たちの気持ちはすごくよくわかるし、理解できる。精神的に女から男になってしまうと、どうしても姿形から男に変わりたくなるものだ。ホルモン注射を打って男らしくなることもできるし、ペニスを作ることもできると聞いている。私も精神的に男になっている以上、いつか必ず肉体も男になりたいと思っている。もう、女の体にまったく未練はない。

いまさらながら、悲しいことに、私は相手と交わっているとき、お互いに見つめ合ったり、「愛してる」などと甘い言葉を交わしたことが一度もない。だから、私が夢見ていたとろけるようなロマンチックな幸せな気持ちにもなれなかった。

それは、ほんとうに好きな人とセックスをしていなかったからに他ならないと思っている。私はバカでお人好しだった。単なる遊びでセックスをするのもダメだけど、同情心でするのもばかげているとほんとに思った。

「これから、ほんとうに好きな人を探せばいいのに」と思う人もいるだろう。でももう、私は男の人を受けつけない体質になってしまったと思う。物語の中でだけ楽しんでいれば、それで十分満足なのだ。

出産の痕跡

女でいるのがいやになったもう一つの要因がある。それは子どもを産んだことによって、私の性器が醜く変わってしまったということだ。

〝いよいよ生まれる〟というときに、赤ちゃんが出やすいように先生がアソコを少し切るのだ。〝チクッ〟とつねられたような感じで、痛みはたいして感じなかった。なにしろ、そこに到達するまでの二十数時間もの間、お腹で時限爆弾が破裂するのではないかと思うほど激しい陣痛に襲われ、すでに私は麻酔をかけられたかのように意識が朦朧としていた。

そして、やっとの思いで出産。無事に赤ん坊が生まれ、先生はアソコを二針ほど縫ってくれた。

意識がなくなるくらい苦しい思いをして、子どもを産んで、それで男の人に大切にしてもらえなかったら、ほんとうに女の人はあわれだ。子どもはかわいくて、大好きだけど、私はもう二度と子どもを産みたいとは思わない。

数日後に抜糸をしてもらい退院した。退院してしばらくしてから、気になって手鏡で自分の性器を覗いてみて驚いた。「なんだこりゃ〜!!」というほど、びっくりした。「先生、もう一針縫っといてよ」と思わず思った。そこにはもう、昔の面影はなかった。なんだかとてもグロテスクになってしまった。

それだけではなかった。出産のときに力んだせいで、肛門からポツンと肉片が出てしまった。痔になってしまったのだ。指で押し込めば中に入るけど、ちょっと力むとすぐにまた出てくる。それが未だに治らない。おそらく一生治らないだろう。

そんなこんなで、醜く形を変えてしまった私のアソコを男の人に見せたくはないと思う。それよりも、いっそ手術をしてペニスをつけて男になって、人生をやり直したいという気持ちが強いのだ。日本でできなければ、外国へ行ってでも性転換手術を受けたいと思う。

私はずっと、性関係を持つ人は、生涯に一人だけと思っていた。ところが、いろいろなことがあって、何人かの人と関係を持ってしまった。そして精神がすごく傷ついてしまった。もう、ここいらで、女の心身をゆっくり休ませてあげようと思う。

それに、私が求めているような男の人に、この世では決して巡り合うことはないだろうとも思う。そういう結論に達してしまった。この結論を変えることはできない。もう誰も私を止めることはできない——。

前歯は大切

ところで、人間の性別は、生まれるだいぶ前の段階で、染色体のＸＸがそのままＸＸなら生まれてくるのが〝女〟で、ＸＸが途中でＸＹに変わると〝男〟になると、昔、学校で習った記憶がある。

男の人は、元々女だったから、男でも乳首を触ると硬くなるのが、その〝女〟であったなごりだそうだ。

男の人が元々は女だったというのも、なんとなく気色が悪いというか、不思議な気がする。染色体が一つ違うだけで、男になったり、女になったりするなんて。私はどうしてＸＹにならなかったのだろう。

それに、神様のちょっとしたいたずらで、完璧にＸＸのままでなかったり、ＸＹになりきれなかったりする人たちができてしまっているのが現実だ。その人たちの苦しみを思うと、神様はほんとうに罪なことをすると思う。

そういえば、元の夫だった人は、乳首を愛撫されるのが好きだった。私は「触われ」とか「吸え」とかよくいわれた。私はそれがイヤでたまらなかった。気色が悪かったのだ。

女性の乳首のように美しくもなく、乳輪の周りには陰毛のような毛が何本も生えている。そんなのって、ただ気持ちが悪いだけ。一度「どうしてもして欲しいなら、毛を抜いてくれる?」と頼んでみたことがある。しかし、彼は応じてくれなかった。

乳首の愛撫といえば、思い出すことがある。

私は過去に二度、〝前歯のない人〟とつき合ったことがある。一人目は一番最初の人で、二人目は元夫だった人。最初の人はケンカで相手のパンチを前歯に受けて破損してしまい、元夫は昔バリバリの不良だったころ、シンナーをやりすぎて歯が融けてしまったという。私は別に歯がないことにこだわったりしてはいなかった。私はそんなに心の狭い人間ではないと思っていた。

ところが、交わっていて乳首を愛撫されているとき、「何か違う」気がしたり、風が入ってくるので「何か寒い」と感じることがあった。どうやら、前歯が欠けているから、乳首を吸うとそこから空気がもれるらしい。その寒さのおかげで、あまり感じない? というなさけない状況だった。

前歯が二本あるかないかで、こんなにも違うものなのだ。差し歯は高いかもしれないが、絶対に入れるべきだと思う。見た目もいいし、やっぱり前歯は必要だとつくづく思った。

ちなみに私の歯は、なぜか恵まれていて、とても歯並びがよく、虫歯も少ない。昔「君は歯のモデルになれるよ」なんていわれたことがあったほどなのだ。だから、歯にはちょっとは自信がある。あとはもっと白くしたいと思っている。そうなれば、ひょっとして「CMに出演しないか」なんて、誘いが舞い込むかもしれないのだから。

テレクラのバイト

話は変わるが、私は昔、テレクラの〝サクラのバイト〟をやったことがあった。でも、口先だけで嘘もつかなくてはならないこの仕事は、私には不向きなバイトだった。私はけっこう生真面目で、「嘘をついてはいけない」という気持ちが強い人間なのだ。

だから、会う約束をして行かないとか、そういうのがダメなのだ。でも、テレクラなんかに電話をかけてくる男の人は、「あわよくば、やりたい」っていう人がほとんどだから、絶対に会いたがる。こっちは会いたくないからなんとか言い訳をして会わないようにしようとする。「今日は風邪をひいてて」とかごまかそうものなら、「それなら、こういうところに電話をかけてくるな」とかいわれてしまう。男の人にしてみたら、高いお金を払って、カードを買ってるから、イライラするんだろうけど。

そこで、私は話をしないで、〝メッセージ〟だけを入れて、相手からメッセージが入れば、少しだけどお金が入るというシステムのほうに専念した。これはデタラメばかりで、「夕方、会ってくれる人を探しています。私は二十四歳です」などというようなことを入れていた。

一度だけ、「援助交際してくれる人を探しています」とメッセージに入れてしまったことがあった。そのとき、メッセージが一件だけ入っていたので、聞いてみたら、テレクラの女の店員さんからで、「その言葉は、法に触れるので使わないでください」ということだった。「そうだったのかぁ……」と、ちょっと恥ずかしくなってしまった。だからそれからは、オーソドックスに「割り切った大人のつき合いをしてくださる方、私は主婦ですので、お願いします」というやり方に変えて、けっこう稼いだ。とはいっても、数日で千円、二千円ぐらいにしかならなかったけど。

それでもいつまでも同じメッセージばかりというわけにもいかないので、やり方を変えたり、けっこうたいへんだった。

なんでそんなバイトを始めたのかというと、そのとき私はお腹が大きくて、外に働きに行けなかったのだ。だから、仕方がなかった。二〜三ヶ月でやっと一万円ぐらいになった。わびしかった。

今でも覚えているメッセージがある。一つは「片岡鶴太郎です。今、岡山にいます。時間があいているので、会って遊んでくれる人を探しています」というものだった。もちろん、本人ではないと思う。

こんなのもあった。「ハアハア……、お前はまだ十六歳で処女だ！　そのお前の〇〇〇を俺がめちゃくちゃにしてやる。ハア、ハアハア」自分でしながら電話をかけているだろうと思われるような若い男からのものだった。そのときは、「この人恐い」と思ったけど、当時、私は二十二歳ぐらいで、まして処女ではなかったので、「お前は処女だ！」と思い込んでいるその男の人の熱い思いが伝わってきて、ちょっとうれしかった。私の声を聞いて、そんなふうに思ってくれて、そこまで感情移入する彼が、今はとても〝よき友〟というか、スバラシイと思う。

あの想像力はなかなかすごい。メッセージを入れる前に、すでにもうふつうではない。荒い息使い……。そこまでするなんて、ほんとにスバラシイと思う。今思えば、けっこう男らしい、カッコイイ声だったと思う。すごく感情の入った声だった。彼のような感性を持っていたら、もしかしたら、私の思っている以上のことをしてくれたかもしれないと思った。そんな気がした。あの調子で語られたら、私は熱くなったと思う。

私はけっこう言葉をかけてほしいタイプで、「愛してる」とか、「きれいだよ」とか、いわれてうれしい言葉でもいいし、俗にいう〝キタナイ言葉〟でもよかった。今、私は男の感性で、いくらでも女の人にいろいろなことをいってあげることができる。

こんなメッセージが入っていたこともあった。中年の男性の声で「バカヤロー！　親が泣いてるぞ。何考えてるんだ。まったく！」というものだった。開口一番「バカヤロー！」という怒鳴り声だったので、受話器を持った私はびっくりして飛び上がった。このおじさんの気持ちも確かにわかる。「でも、おじさん安心して。私はサクラなんだから」。

「売春の仕事をしてくれる女の人募集！」とか、「一回五万円で相手を探しています」とかいうのもあった。いつから男の人は女の人を買うようになったのだろうか。

私がスナックに勤めていたころのお客さんの話で、なんと一晩八十万円!?　というのを聞いたことがある。その人がいうには、どうしてもその娘が好みで、かわいい娘だったという。その娘はまだ十六歳だったとか、男のほうは四十歳をすぎていた。でも八十万円ももらえるなら、たいていの女の人は考えてしまうだろう。だって、ちょっと目をつぶっていればいいわけなのだから。

たぶん、この十六歳の娘はマグロだったと思う。私はお金目的にそんなことはしない。

もっとも、私の場合、そんな大金を出す人がいるとも思えないが。

母子寮での生活

離婚してから、ほぼ一年が経った。今、私ももうすぐ二十七歳。四歳になる娘と二人で母子寮に住んでいる。

いよいよ離婚という瀬戸際に立たされたとき、知人から母子寮というのがあると聞いた。「ほとんど家賃がいらないらしい」という言葉に、さっそく申し込むことにした。入居するには倍率が高いのかと思っていたが、案外すんなりと入寮することができた。

母子寮の造りは場所によって異なるが、私の住んでいるところは三階建てで、二十世帯が生活できるようになっている。私の部屋はきれいにリフォームされていて、六帖と四帖半、それに台所とトイレが付いている。造りがしっかりしているから、とても住みやすい。

食事は各自で作るが、お風呂は共同で一階に銭湯のように大きな女湯と大きい男の子用に小さな男湯がある。入浴時間は午後五時ごろから九時半まで。門限も十時と、ちょっと厳しい。だから、夜の仕事もなかなかできない。お掃除も交代でする。

家賃は収入に応じてなので、タダの人もけっこういる。私はいままで、月収十万円ぐらいだったので、月に四千五百円払っていた。安い！　今は転職して、パチンコ店で早番のバイトをしていて時給千円になったので、月収もいくらか多くなり、来年からは家賃も少し上がるかもしれない。そう思っていたら、前年度の源泉徴収を基準に家賃を算出するらしく、収入は変わらないのになぜか今年の七月から来年の六月まで私もタダになった。

一階には託児所があり、三歳までの子どもを預かってくれる。娘も入った当時は三歳だったので、そこで面倒をみてもらった。四歳になってからは近くの保育所に預けている。寮には同じ年頃の子どもが十人ぐらいいて、みんなそこへ通っている。三百六十五日、二十四時間態勢で、先生がいてくれるので、とても助かっている。日曜や祝日の仕事でも先生がちゃんとみていてくれるから安心してまかせていられる。

娘の名前は彩香《あやか》。明るくて、やさしくて、負けん気の強い元気いっぱいの子だ。ここへ来たばかりのころは、かなり乱暴なところがあったが、最近はだいぶ落ち着いてきた。多少わがままなところもあるけど、イヤなことは気にしないですぐに忘れることのできるたちでお友だちもたくさんいる。私とは全然違うタイプの子で、うらやましいほどだ。私は、母が恐ろしかったから、無口でおとなしい子だったし、友だちもほとんどいなかった。

娘が伸び伸びと生活しているのを見ると、「離婚してほんとうによかった」と、いまさらながら思う。もし、あのまま暮らしていたら、娘はもっといじけた性格の子どもになっていたかもしれないのだ。

彩香とは、「今日はどんなことをしたの？」とか、その日にあったことを話したり、一緒にテレビを見たり、絵本を読んだりしている。

今、彼女が一番興味を持っているのは、やっぱりおもちゃ。アンパンマンやおじゃまじょドレミが大好きで、「あれ買って」「これ買って」とうるさくねだる。それでもかわいいから、できるだけのことはしてやろうと思ってしまう。

前夫にはまったく会っていないし、私は二度と会いたいとも思わない。もう、何の未練もない。娘も小さいころから、父親にはあまり遊んでもらったこともなく、むしろ怒られてばかりいたのでいい思い出がないようで、娘の口から「お父さんに会いたい」などという言葉は一度も聞いたことがない。

前夫からは援助なども一切してもらっていない。彼は蓄えがないに等しく、最終的にしぶしぶ「百万円ぐらいなら渡す」といっていたのに、未だに払ってくれてない。

もっとも彼にも父親の病気のことなど、事情があって、決してゆとりなどないのが実情だと思う。それにしても、責任感というものが欠如しきっているヤツだと思う。

私は今、つつましやかだけど、娘と二人、月に十万円もあればなんとか生活していける。これも母子寮というありがたい施設があるおかげだと感謝している。

でも、ここにいられるのも今のうちだけだろう。私が男の体になってしまったら、どうしたって、母子寮に住んでいるわけにはいかなくなってしまう。

現在、私はもう感性がほとんど男になっている。近ごろでは女性の裸を見ると、ドキドキとときめいてしまうのだ。だから、共同風呂は、目のやり場に困ってしまうことがある。「こんばんは」とかいったときにどうしても目に入るのでしかたがないのだが。まさか、ほかのお母さんたちは、私が見かけは女だけど、中身は男になっているなんて、知るよしもないのだから。そんな私に見られているなんて、ちょっとかわいそう。

ちなみに、私は下のほうの毛が濃いほうだと思っていたのだが、ほかのお母さんたちを見る限り、そうでもないことがわかった。私も水着などを着る機会もないので、手入れをしていなかったが、ほかの人たちも同じように素のままだった。私は変に手入れなんかしていない自然のままのほうが好きなので、うれしくてしかたがなかった。

「生まれたまんまで手をつけない」というほうが、イヤらしくていい。だから、見てしまったときは、けっこう心の中で喜んでいる。

毛といえば、どうして、わき毛やアソコの毛はちぢれているのだろう。でもあのちぢれているところがイヤらしくていいんだけど。でも、希にアソコの毛がストレートの人がいるとか。聞いた話によると、その人がキレイな看護婦さんとことにおよんだら、彼女がすごい直毛で、している最中にその毛が刺さって痛かったという。まあ、どこまでほんとの話だかという感じだが、毛にも不思議な魅力があるものだ。私は昔、胸毛のある男の人が大好きだった。

ところで、最近新しく入ってきた三十歳ぐらいのやさしそうなお母さんも、けっこう毛深かったのでとってもうれしかった。というか、私が肉体まで男になっていたら、何かしてしまいそうなほど、そそられてしまった。私ったら、顔ではふつうにすましているのに、心の中では実はこんなことを考えているんだから。寮のお母さんたち「ごめんなさい」。

ほかの男の人たちがどう思うか知らないが、私は女の人の体って、ほんとうにキレイだと思う。例え、五十～六十歳の女性でも、私はやっぱりキレイだと思う。そして、自分はないくせに、胸は大きいほうがいいと思っている。

気持ちの面ですっかり男になってしまった私は、母子寮での生活をいろいろな角度から楽しんでいるというわけだ。

ほんとうの愛を求めて

私は今、自分で慰めることに没頭している。「相手がいないから、気の毒に……」と思われる向きもあるかもしれないが、これはけっこう楽しい。私のように、一度も満足できるセックスをしたことのない者にとっては、ヘタに他の人間に接するよりも、よっぽどいいのだ。それにもう、私は男の人を受けつけたくはないし、自分が男になりきって、女と交わる想像をするのも楽しい。

私は昔から、一人でするときは〝愛の物語〟を考えながら、自分が主人公になりきって演じていた。「今日はこんな話でいこう」とか、「今日はこういうストーリーで」と、精神を集中して物語を作っていく。こんなに精神力を使っていては、長生きできないんじゃないかというぐらい精神を集中する。

発情しているときは、かなりイヤらしい話で進めていく。少し、気持ちにゆとりのあるときは、まじめな純愛物語になる。しかし、必ずといっていいほど、ちょっとしたことでケンカになったり、まったくの誤解からすれちがってしまった二人が、最後には仲直りしてより愛が深まるという展開がお決まりのようになっている。

私のように、愛や性的なものが満たされなくて、苦しんでいる人は案外多いと思う。私が欲しいのは〝ほんとうの愛〟という、強く燃え盛るような恋愛なのだ。でももう、そんなものは、一生手に入らないかもしれない。そんな気もする。だけど、私のこの情欲がある限り、いつかは〝ほんとうの愛〟に巡り合えることを期待せずにはいられない。

男と女というのは、永遠のテーマだと思う。どんなにあがいても苦しんでも、忘れようと思っても、それでもやっぱり、男と女の愛の物語はおもしろい。

もし、人間が雌雄同体で自家受精する生物だったとしたら、他と交わることもなく子孫を残していけるとしたら、そこには恋も愛も何もない。それでは、感情を持つ生物として、あまりにもむなしい。だから、人間はうまくできていると思う。男と女、雄と雌、ほんとによくできていると思う。

さて、もし私が男になれたら——今の技術では、百パーセント男の体にはなれないにしても、男性性器を手術で作ることは可能だそうだ。神経もつなげると聞いている。費用は六百万円ぐらいかかるらしいが、もっと、詳しく手術のことを知りたいと思う。

昔はよく、男の人がどうしても女になりたくて、性転換手術をしたというのをテレビで見て、せっかくの男のシンボルを切り取ってしまうなんて、なんてコトをするのだろうと思っていたけれど、今は、その人たちの切実な気持ちがとてもよくわかるようになった。本気で苦しみ悩んだ者でなければ、理解することは難しいと思う。せっかく持って生まれた性を百八十度変えてしまうわけなのだから。だけど、「男が女になるなんて」とか「女が男になるなんて」とか、人の辛さや苦しみもわからない人たちに、軽軽しくいって欲しくはない。

しかし、魔法のように完全に、男と女の体を入れかえるのは、おそらくどんなに時が経っても無理だと思う。

それでも、生まれつきの性同一性障害で悩んでいる人は、想像以上にたくさんいるらしい。ほんとうに気の毒だと思う。そういう人たちのためにも、性転換が認められ、必要な手術を受けられるようになって欲しいと願っている。そして、世間の偏見がなくなることを心から望んでいる。なぜなら、男でも女でも人間は人間なのだから、それで十分なのではないだろうか。

話を戻そう。もし私が男の体になれたら、女の人を愛してみたいと思う。絶対に満足させられる自信がある。きっと、彼女は私から離れられなくなるだろう。

私は女の人には、たくさん愛撫してあげるべきだと思っている。やさしく服を脱がせ、肌触りのいい上質な布団の上で、そっとキスして、「愛してるよ」「きれいだよ」「最高だよ」などと、たくさんささやいてあげよう。そして、ムードたっぷりに、指や舌を使って彼女の頭の先から足の指先まで、ゆっくりといとおしんであげよう。〝乳フェチ〟の私は、とりわけ乳房に時間をかけよう。なめて、揉んだり、吸って、乳首をつまんだり、なでたりして、できる限りのことをしよう。彼女は、そんな私のテクニックにうっとりしてしまうに違いない。

いつか、そんなことのできる相手にめぐり会えるだろうか。男とか女とかいうこと以前に、感性が似ていて、お互いに引かれるところがあり、心から信頼できる女《ひと》と肉体的にも結ばれたい。そういう女《ひと》と一緒に、助け合いながら人生を送れたらどんなにいいだろうと思う。身も心も男になって、こんなふうに生きていくのが私の望みだ。〝ほんとうの愛〟それが欲しい。でもそんな望みが叶うとしたら、きっとそれは〝来世〟でのことなのかもしれないとも思う。

あとがきにかえて――最愛の娘　彩香へ

いつかあなたが大きくなったとき、この本を手に取って読むことがあるかもしれない。そして、少なからずショックを受けるかもしれないと思う。

でもその前に、お母さんはお父さんに変わっているかもしれない。お母さんは今、男の人になりたいと真剣に考えている。いつだったか、お母さんはとっても強く男の人になりたいと思っていた時期があった。そんなとき、あなたを公園で遊ばせていたら、あなたはまるでテレパシーでもあるかのように、私のことを「お父さ～ん」と呼びながら駆け寄ってきた。「なんて不思議なことがあるものだ」と、お母さんは思わずにはいられなかった。

私が女であろうと、男であろうと、私という人間は世界でただ一人、私だけなのだ。あなたを産んだ、ただ一人の人間なのだ。

あなたがもう少し大きくなったら、お母さんはきちんとあなたに、なぜお母さんが男の人になりたいのかを話すつもりでいる。あなたは必ず、私の気持ちをわかってくれると信じている。なぜなら、あなたと私は強い愛と絆で結ばれているから。

私は誰よりもあなたを愛している。男になってお父さんになったとしても、あなたへの愛は今とまったく変わらない。あなたを大切に育てたい。あなたを守り、あなたを助けてあげたい。できる限りのことをしてあげるつもりでいる。

それに、私がお父さんになれば、ふつうの父親よりずっとあなたのことを理解してあげられるだろう。元は同性だったのだから。

私は男になりたい

2000年11月1日　初版第1刷発行

著　者　山中亜論《やまなかあろん》
発行者　瓜谷綱延
発行所　株式会社文芸社
〒112-0004 東京都文京区後楽2－23－12
電話03-3814-1177（代表）
03-3814-2455（営業）
振替00190-8-728265

印刷所　株式会社平河工業社

乱丁・落丁本はお取り替えします。
ISBN4-8355-0821-1 C0095